河出文庫

ぬいぐるみとしゃべる人は やさしい

大前粟生

河出書房新社

ぬいぐるみとしゃべる人はやさしい

ぬいぐるみとしゃべる人はやさしい

麦戸ちゃんはさいきん学校にこない。麦戸ちゃんの家は大学のすぐ近くにあるから、七森は二限終わりに寄ってみようかなと思ったけど、きのう彼女ができたばかりだったし、共通の友だちでも女の子と家で会うのを白城は嫌がるかもしれないと（まだそういうことを確認する段階にもなっていないけれど）思って麦戸ちゃんにはラインだけした。

だいじょうぶ？

七森は一九歳で、彼女ができたのははじめてだった。

とりあえず彼女がほしい。大学に入ってからその思いが出てきて、いつもはぼんやりと感じてるだけなのに、きのうは強くあった。

サークルもバイト先もおとなしいひとが多い。比較的、地味といっていい環境にいる。それでもみんな、恋の話をしている。

恋愛って、みんながするのがあたりまえなものらしい。自分ひとりだけ参加できていないことに七森はもやもやしていた。

ひとを、友だちとして好きという気持ちはわかる。恋愛対象として好き、というのがわからない。そのふたつのちがいが七森には見つけられない。

僕もみんなみたいに、恋愛を楽しめたらいいなあ、と七森は思う。

告白されたことはある。高校生のときだった。

女の子みたい、かわいいって、女子グループに連れ回された時期があった。七森は156センチで45キロ。高一のときからその数字はほとんど変わっていない。女の子たちの買い物につきあわされ、試着させられ、レディースの服がぴったり合うし、施されたメイクが似合っていてキャーキャー騒がれた。男っぽくない見た目だから、安全な男の子として楽しまれていた。七森自身も居心地がよかった。女子たちは僕のことをかわいいって褒めてくれた。女みたいだって僕のことをいじって、同時に女子のことも馬鹿にするのは男子だった。でも僕も男子だ。女子じゃない。男子のなかで育ってきた。男子の輪から外れてしまわないよう、同じことをしてへらへらするしかなかった。

高校時代の七森はその場その場のノリに合わせて人形みたいに愛想笑いばかりして

きた。女子たちが話のなかで、セックスしたいときにしか連絡してこない彼氏さいあく、バイト先によくくる話したことない男に好きですっていわれてまじできもいって笑ってるとき七森は笑った。掃除の時間にイケてる男子が明るい女子に笑いながら早くしろよブスといって、はあー？　って、いわれた方も笑ってて、七森も笑った。

むかしのことを思い出すと苦いもので胸がはじけそうになる。

こわかったから笑ってたのかなって、いまは思う。学校のなかにぎゅっと詰め込まれた社会みたいなものが。それに加担している自分のことが。

でも、当時はその自分として楽しかった。友だちとあそんだり、買い食いしたり、流行りに乗ったり、女子たちと自撮りしたりプリクラを撮ったり男子たちと放課後に市民体育館でバドミントンをしたり。田舎で、夜は星がこわいほど見えた。犬の散歩をしていると木々の合間の向こうから鹿に見られていることがあって、山の土のにおいが鼻のなかにいつまでも残っている。眠る前のまどろみや夢のなかで、高校生のときの生活や風景が脳を駆けてきて、なつかしさに身悶えすることもある。

その楽しさのなかに、苦いものがたくさん混ざっていることに呆然とする。流されるままにその自分は、自分たちじゃないものを笑ってきた。

そのことを一九歳の七森は後悔することができる。

連続して生きてるはずなのに、「その自分」とか区切りたくなる。

高二のとき、七森は青川さんに告白された。青川さんは同じクラスの柳束のことが気になってて、柳束と七森はつるんでいたから、よく彼のことを聞かれた。「ヤナくんの好きなタイプ教えて」って青川さんにいわれて、そういう話を七森はヤナから聞かれたことはあっても聞いたことはなかったから、その場でヤナにラインして、かわいいこ、と返ってきたからそのまま伝えた。

「え、わたし、どうかな。かわいい？　かわいいかな？」

「いまこんな風にまっすぐ聞いてくるとことかすごくかわいいなって思うよ」と七森はいった。

ヤナくんの好きな音楽は？　好きな本は？　七森はなにが好き？　わたしいまお姉ちゃんが図書館から借りてきて放置してる小説読んでるんだけどめっちゃおもしろい。七森も読んでみて。そしたらヤナくんにすすめてよ。

髪は短いのか長いのどっちが好きかヤナくんに聞いて！　っていわれて、長い方かな、とヤナから返事がくると青川さんは髪を伸ばしはじめて、それからは会う度に「伸びてきたでしょ〜」といちいちいってくる青川さん、すてきだな、と七森は思った。青川さんがうれしそうだと僕もうれしい。これって僕は青川さんのこと好きってことなのかな、と思ったけれど、友だちとしての好きなんだって、告白されたから気づいた。

髪が鎖骨くらいまで伸びたころ。青川さんがいった。

「話を聞いてもらってるうちに、七森のこと好きになってたんだ。つきあって、ほしいです」

顔を赤らめてる青川さん、かわいいなって七森は思う。でも、それしか思えない。

「ごめんね」七森はいった。「ありがとう。うれしい。でも、僕……」

「他に、好きなひと、いるの？」

「いないけど、僕、なんとも思えない」

青川さんが手で自分の目を隠すように覆った。七森はぎょっとした。泣いてるんだ。こんなに……。七森がハンカチを取り出して、青川さんの頬や、涙が伝う指に触れると、布越しにまで鼓動が伝わってきた。恋って、こんなになんだ……。

どこが、そんなになのか、聞いたりできなかった。七森は女子グループと距離を置くようにした。青川さんに悪いと思ったから。ヤナは塾がいっしょの他校の女子とつきあい出したたし、他の友だちも七森が知らないうちに恋をしていた。僕も、してみたいって思う。でも、できない。恋がわからないし、青川さんを裏切るような軽い恋を僕がしてはいけないと思って、高校時代と大学生活の一年半あまりを過ごした。

いま、大学二年の秋。

きのう、めずらしくサークルの飲み会があった。というか、ひとが集まって勝手に飲み会みたいになった。バイト先の小さなギャラリーでだった。七森は実家からの仕送りを多めにもらっていて、奨学金も受けていたので、ギャラリーには展示作品の搬入や搬出、レセプションなんかで人手が必要なときだけバイトに入っていた。楽させてもらってる、と七森は思う。バイトはだれでも定休日だったら自由に二階のスペース使っていいよ、とさえオーナー夫妻にいわれていた。

いいひとたちだ、というか、おひとよしだなって七森はオーナー夫妻に思う。七森がバイトをはじめてすぐのとき、別のアルバイトの大学生がお金を盗んで消えたことがあった。オーナー夫妻は、「まあ、なんか事情があるんやと思うし」と警察に通報さえせず笑っていた。へらへらしていたのが七森には悲しかったし、変わらずバイトたちにやさしくしている姿を見ていると、胸に小石が落ちたみたいに痛い。もらいものだからといっていつもバイトにくれる高いお菓子、わざわざ買ってきたものだと七森は気づいているけど、ふたりのために気づかないふりをしている。七森は特に用事がないときでも二階のスペースを訪れるようにして、この場所が好きだって、オーナー夫妻に見せている。それでふたりがよろこぶから。

さいきん麦戸ちゃんが学校にこなくて暇だったし、その日も七森はギャラリーにあそびにいった。

そしたら、サークル部長の光咲さんがいた。二階のテーブルに座って、七森と同じバイトをしている七つ上の糸下さんとオーナー夫妻とビールを飲みながら談笑していた。

え？　と七森は思った。部長と糸下さん……？

七森が知る限りこのギャラリーとサークルはなんの接点もなかった。おー、とオーナーが七森にいう。ぺこり、と頭を下げる。他のみんなはテーブルでの会話に夢中で、鹿児島いったことないなあ、とオーナーの妻のちかこさんがいってる。

「鹿児島？」椅子に座りながら七森は聞いた。

「こんど糸下くんとみっちゃん、糸下くんの実家いくんやって」とちかこさんがいう。

「え？　糸下さんと部長、え……？　え、結婚……？」七森にしては大きな声が出て、その反応に場が笑った。

「いや、結婚はしないよ」光咲さんがうれしそうにいった。

「しないの？」糸下さんが甘えるようにいう。

「まだしないよ」光咲さんがいって、のろけてる。

七森は会話についていけない。

「つまり……え？　ふたりはつきあってるんですか？」

「そうだよ〜。いってなかったっけ」光咲さんが笑った。こんな風に笑うひとなんだ、と七森は思う。

光咲さんはいつもサークルの部室で眠ってばかりいて、七森はあまりしゃべったことがない。彼氏の前で、ちょっとちょうだい、と飲み物やお菓子をシェアして楽し気でいる部長を見てしまって、なぜだか七森が気恥ずかしい。

「いってないです。ええー。どこで出会ったんです？」七森がいうと、そこらへんで、とはぐらかされた。ここによく光咲さんはきて、オーナー夫妻とも仲がいいらしい。

オーナーが夫婦で住んでる三階の自宅から七森の分のビールを持ってきて、お酒は嫌いなのに飲んでしまった。このギャラリーの二階の窓からは堀川通を彩りはじめたイチョウ並木が見える。お花見みたいですね、と七森がいうと、「ぬいサーのみんなも呼ぼうか。いいですか？」とオーナーに確認をした光咲さんがラインのアプリを開いた。
下宿でこれそうなひとよかったらあそびにきてね
七森くんとうちとギャラリーのひとがいます
お酒もあるよ
リラックマが酔っぱらってるスタンプと位置情報を添えてサークルのグループラインに投下した。
夕方からこんな急な誘いだれもこないだろ、と思いつつも、七森は麦戸ちゃんがこないかなと願っていた。麦戸ちゃんは大学に入ってからのズッ友みたいなひと。前からそう思っていたけど、秋学期のあいだ麦戸ちゃんと長いこと会えていないことでその思いが強くなっていた。
結局、白城と西村さんと藤尾さんの三人もやってきて、オーナーとちかこさんがいちばんうれしそうだった。
うわあ、はじめまして〜。なに飲む？　お酒いっぱいあるで。白城さんは七森くんと同級生？　二〇歳超えてる？　未成年？　せやったらSNSにあげたらあかんよ。
ふふ、ってふたりが笑ってる。
七森と糸下さん以外は女の子。オーナーたちに子どもがいたら、僕らと同年代くらいだったりするんだろうか、と七森は思った。

部長と糸下さんがつきあっていることは三人のだれも知らなかったらしくて、三人それぞれ別々の時間にやってきたから三回いちいち説明するのを部長はよろこんでいた。

「写真とか！　写真とか見せてください」と白城がいう。

部長と糸下さんが、旅行先の二足歩行で横を向いた魚のキャラクターの顔出しパネルから顔を出してる写真。桜を背景に自撮りしてる写真。部長が糸下さんちの猫と同じ姿勢で眠っている写真。

白城が光咲さんのスマホを覗き込んで、かわいい、かわいい〜っていう。

僕も、女の子同士がかわいいって言い合うように青川さんのことをかわいいって思ったのかな。

酒が回ってきて、七森は謝りたくなった。青川さんに？　なににか、わからない。

七森は沈み気味になるけれど、でも、かわいいはかわいくて、ひさしぶりの飲酒でからだがぽかぽかしてきた。窓を開け、外を見て涼んでいると、ゆっくり動く夕陽でイチョウには黄色から赤へと濃淡ができては消え、葉と葉の影が移り変わってそれぞれを染め上げている。風でさわさわとそよぐのが、蝶々みたいだなと思う。もっと風が吹いて、ここまで飛んでこないかなと子どもみたいに思うのが気持ちよく、ぼーっとしているとみんなが恋の話をはじめていた。

サークルには女の子ばかりいる。それでも、部室で恋の話がされているのを七森はあんまり聞いたことがなかった。ぬいぐるみのサークルで、ひとよりも、部室に三五〇体くらいいるぬいぐるみの方に存在感があるからなのかな、と七森は思う。いま、恋の話をする空気になっているのは、場所がいつもとちがうからなのか、というか、部長と糸下さんがカップルであるということがこの場でなにより強いからなのかな。

白城はさいきん別れたばかりで、七森はその相手を夏休み前に白城がつきあい出したひとだと思っていたけど、よく聞いてみると白城は夏休みにそのひととは別れて、あたらしくつきあったひとと先週別れたみたいだった。

西村さんは同性の恋人ともうすぐで一年。藤尾さんは学部の友だちに誘われて合コンにいってみて、つきあうかどうかはわからないけど連絡を続けてる相手が気になってる。オーナーが若いころの恋バナをする。え、それ知らへんで！　とちかこさんがいって、オチみたいになる。

なんなんだ。みんな、出会いがあって、だれかと、恋愛するってかたちで繋がりまくってる。

青川さんを失恋させてしまってから、もう長いこと経った。

本当はわかってる。恋愛感情とか、わからなくても大丈夫なんだ。ただ恋人を作るんだったら、好きよりもノリを発揮したらいいんだとわかっていた。

七森は？　と聞かれた。

「僕は、そういうの、別に……」

自分だけ繋がれない、疎外感みたいなもの、ひととつきあうとか、つきあえないとか、僕のコンプレックスなのかもしれない。いま、大学生のときにだれともつきあわなかったら僕は卑屈になっていっちゃうのかも。

このなかでつきあうんだったら、とか、考えてしまう。

白城かな。

同学年だし、同い年だし、仲、悪くないし……。

麦戸ちゃんみたいに、休みの日にふたりで出かけたことはないけれど、ふつうに話ができる、いっしょにご飯をたべることもある。猫が好きって聞いたから、外で猫を見つけると写真を撮って白城に送ったりする。白城も猫の写真を送ってくれる。仲、いいじゃん……僕らがつきあってても、おかしく、ないでしょ。

それに白城は、つきあったり、別れたり、たくさんしているから、つきあいたい、っていわれても、それが特別なものにならないかもしれない。特別じゃない分だけ、白城も、僕も、もやもやしないかもしれない。

夜になって、深まって、お開きになった。気温がちょうどよくて心身ともに軽く、肩こりも疲労感もない。虚弱ぎみの七森にとっては多幸な状態だった。お酒で、気が大きくなってるのかもしれない。白城とする世間話がすごくたのしい。歩くと手が軽く触れ合う。車も自転車も通らない、他に学生もいない午前一時の今出川通……会話が、途切れたときに、七森はいってみた。

「ねえ、ぼくら、……つきあってみない、ですか??」

「え……。七森、わたしのこと好きなの?」

す、好き!　って、いいたい。

でもその好きは友だちとして好き。

だから、好きっていったらうそになる。

恋愛がよくわかんない、そのことなんか、きっと白城にはばれている。それなのに白城はいってくれた。

「いいよ。いまだれもいないし」そう、白城はいってくれた。白城はなんてやさしいんだろうと七森は思った。

オッケー、してもらえた。

よかった！　と思ったのは、成功したことよりも自分の告白がどうも相手を傷つけなかったらしいことにだった。

＊

威圧的でない見た目をしていても、男だ。告白してみたら、自分が相手にとって異性になってしまったって七森は気づいた。

男が女の子に恋愛的で性欲的な、しかも告白っていうアクションを起こすと、相手をこわがらせたり傷つけたりしてしまうかもしれない。

それなのに僕は、自分のために告白しちゃったんだ。

罪悪感みたいなものがやってきたけれど、よい気温をぐんぐん歩くと薄まっていき、「いいよ」といわれたことのよろこびがやってきたのは家に帰ってからだった。白城の家は千本通の方にあり、そこまで彼女を送って、またあしたね、これからよろしくね、と別れたあと、七森は新町の学生会館のすぐそばにある家まで帰った。

耐震補強の最中で、鉄パイプの枠組みが囲った赤茶色いアパート、窓を開けると月明りがパイプに反射してまぶしく、僕のこころだ！　と思うほど七森は浮かれた。このことを麦戸ちゃんに報告しようかと思ったけど、やめておいた。

翌朝起きてまず七森は、白城の迷惑にならないでほんとよかった、ともう一度思った。それはつまり、自分が傷つかないでよかったということかもしれなかった。

一限の語学に出たあと、次は四限まで空きなのでキャンパスから徒歩七分、自宅から徒歩一分のところにある学生会館に七森は向かった。

学生会館にはＢＯＸと呼ばれる各サークルの部室が詰まっていて、七森や白城や麦戸ちゃんが所属するぬいぐるみサークルは認可を受けて去年からＢＯＸを使えるようになった。

八帖ほどのワンルームで、近場に住んでいる部員や卒業するひとが寄付だと称して半ば棄てていったソファやベッド、学生会館の廃品置き場にあったまだ使える電化製品などが揃っていて、棟の一階にはシャワー室もある。残留の申請をすれば夜中も使用できるから、実質ここに住んでる部員もいる。部長の光咲さんがそうで、糸下さんと同棲したりはしないんだなあ、と七森は思う。

七森が入室したときには光咲さんがベッドで熟睡していて、副部長の鱈山(たらやま)さんがぬいぐるみとしゃべっていた。

学生団体から公認されるための表向きの活動方針としては、ぬいぐるみを収集したり裁縫でオリジナルぬいぐるみを作ったりするサークル、ということになっている。本当の目的はぬいぐるみとしゃべることだ。

ぬいぐるみと会話する大学生たちが集まっている。部員数は一一〇人、ＢＯＸにきて活動しているのは一五人ほどだった。チラシやサークル案内パンフレットを頼りに見学にきた新入生を変に萎縮させないよう、春ごろはだれもぬいぐるみとしゃべらない。新入生たちが籍を置き、サークルに馴染んでくると先輩たちはぬいぐるみとしゃべりはじめ、それを気味悪く思う新入生は顔を出さなくなる。そうして自然と残った一五人のなかで、七森と白城だけはぬいぐるみとしゃべらなかった。七森はただ単にぬいぐるみとしゃべろうとは思わなかったのだ。

それでも七森はここが好きだ。ぬいぐるみとしゃべるひとはやさしい。話を聞いてくれる相手がいるだけでいいこともある。それだけで少し人生が楽になる、とは、わざと留年や休学を繰り返して四回も四年生をしているぬいぐるみサークルの副部長兼創設者のことばだ。

つらいことがあったらだれかに話した方がいい。でもそのつらいことが向けられた相手は悲しんで、傷ついてしまうかもしれない。だからおれたちはぬいぐるみとしゃべろう。ぬいぐるみに楽にしてもらおう。

鱈山さんは、ぬいぐるみのサークルなのに男性である自分が部長をしていると女の子が入りにくいかもしれない、でも自分がいることで男の子が入りやすかったりするのかもしれないと考えてずっと副部長でいる。貧乏で、でも会社員としてやっていく人並みの強さが持てなくて、本当は鱈山さんもBOXに住みたい。でも、からだが大きくてごつごつしてる。朝や夜中にBOXにきたとき、そういうおれが寝てたらこわいでしょ……、と鱈山さんは思っている。

そのことをぬいぐるみは知っている。鱈山さんの話を聞いたから。

他の親しい部員はことばとしては知らないけれど、鱈山さんのやさしさと生きづらさは感じている。

鱈山さんは自分のしんどさをひとにいうつもりはない。

そんなことないよって思ってくれるひとや、自分みたいな男性を傷つけてしまいかねないと思うから。

いま、鱈山さんはくまのプーさんのぬいぐるみに話している。

「ひとがひとを殺すなんておかしいよ、どう考えても、どうしてそんなことができるんだろう、おれ、きのう、銃乱射事件のニュースをじっと見てしまって……」

七森は入室と同時に遮音型のイヤホンを装着した。部員がぬいぐるみにしている話を聞かない、それがルールだった。けれど、ドアを開けて室内の光が広がってきたとき、「じゅうらんしゃ……」というのを聞いてしまい、七森は申し訳なく思った。

　鱈山さんが外ではこんな話をしないのを七森は知ってる。

　九月のはじめ、映画を観たあとに四条木屋町にある喫茶店に入ったら、二階から鱈山さんの声が聞こえてきた。だれか、ひととしゃべっていて、ぬいサーでは聞いたことがないほどよく笑っていた。そのひとたちと、そこにいないひととこの前カラオケにいった話をしていて、ときどき引き笑いさえしている鱈山さんに七森は笑ってしまった。カラオケの話でこんなに盛り上がれる？　こんな風に鱈山さんは笑うんだって、七森はうれしかった。

　ぬいサーのＢＯＸでだから、落ち込みたいままに落ち込めるひとがいる。鱈山さんがまさにそうで、そういう空気を作ってくれている。

　邪魔しちゃ悪いと思って七森は一階の席でチャイを飲んでいたけれど、飲み終わるよりも早く鱈山さんたちがお会計をしに降りてきた。お互い、照れくさそうに手を振った。

　三人連れで、お金をまとめて出していたひとの顔が見えなかった。あの後ろ姿、もしかして糸下さんかも……。いっつも襟足を刈り上げ過ぎてる。そうかもしれないと思うと、そうとしか思えなくなってきた。

それから十分ほど鱈山さんはぬいぐるみと話し、終えるとプーさんをブラッシングした。これも会則に書いてあること。ぬいぐるみを大切に。

だれかがブラッシングしてるとき、七森は自分からは話しかけないようにしている。特に鱈山さんは、第三者が入れないぬいぐるみへの愛着が目に見えそうなほど、ゆっくりゆっくり、ブラッシングしている。

七森はひとがブラッシングしているのを見るのも、ひとがぬいぐるみに話しているのを見るのも好きだ。イヤホン越しに聞こえてくることば未満の音が好き。目をつむったときに見える瞼（まぶた）の裏の景色のように像を結ばないとぎれとぎれで、けれど落ち着くものだという直感がある。それを聞きたいのかもしれない。

こんど、麦戸ちゃんに会ったらこの発見を話そう。白城にも話そう。

ぬいぐるみとしゃべらないのにどうしてこのサークルにいるのか、入会して一年半経っても七森と白城は聞かれたことがなかった。部員のほとんどがひとと話すことが苦手だったし、ぬいぐるみと話すということが私的なことなので、ひとがぬいぐるみと話さないこともプライベートなことだと思っているのかもしれない。

ぬいぐるみとしゃべらないのにどうしてこのサークルにいるのか、白城に聞いてみようと七森は思った。他人のやさしさにあてられて自信が出た。

「やあ」ブラッシングを終えた鱈山さんがはにかむようにいった。

「ども」と七森。

「一限から？」

「ドイツ語で。麦戸ちゃんといっしょなんですけど、麦戸ちゃんはこなくて。僕は四限まで空きで」

「そうなんだ」

「はい」

お互い口下手で、それがわかってるから親密であるように七森と鱈山さんはぼそぼそ話す。

「なに読んでんの」

「カイジです」

「どこ？」

「鉄骨渡りで、佐原が、風圧で。鱈山さんは、糸下さんてわかります？」

「あー。学科がいっしょだったんだ。だからもう卒業して、別のとこの院にいったけどそれも卒業してる。あいつとおれ、高校もいっしょでさ。美術部だった」

「あ、へぇー」

聞きながら、鱒山さんのことほとんど知らないなと七森は思った。部長のことも、西村さんや藤尾さんのことも、ぬいサーに顔を出すひとのことをあまり知らない。みんな、個人的なことを聞いたり話したりするのを、やさしくて避けてる。軽薄さや無関心と間違えられてしまうようなやさしさ。

「そっか。同じとこでバイトしてるんだっけ。喫茶店で出くわしたとき、あいつもいたよ」

「なるほど」鱒山さん経由で糸下さんと部長が出会ったのかな。

「もっかいおれ、ぬいぐるみと話していい？」

「あ、はい。ぜんぜんぜんぜん」

七森はイヤホンをつけて、鱒山さんはこんどはプーさんではなくてうさぎのぬいぐるみを横に座らせて話し出した。

ヒゲぼーぼーの鱒山さんがぬいぐるみに話してんのかわいいな、と七森は思った。この部屋には三五〇体くらいぬいぐるみがいて、そのなかに僕らがある。部長はいつの間にかいびきをかいていた。

鱒山さんがうさぎのぬいぐるみに話している途中で、白城からラインがきた。

サイゼいかない？

そうだ、僕らつきあっている……！

いこいこ！

それとスタンプ。

七森は返事をするとBOXを駆けるように出て、キャンパスのすぐ近くにあるサイゼリヤへ向かった。

一一時過ぎで、それでも昼休みの時間を避けた学生や教職員たちでにぎわっていた。白城はランチセットを頼んで、からだのわりに食がふとい七森はいつも単品のハンバーグステーキとミラノ風ドリアにしているけれど、きょうは恋人と同じのにしてみた。

七森は文学部で白城は経済学部。かぶっている授業がないからまだ入っていないゼミの話をする。

「国文はゼミ面接とかないっぽいよ。麦戸ちゃんがこの前いってた。麦戸ちゃんはいっつもパンチェッタのピザ頼むんだ。さいきん麦戸ちゃん麦戸ちゃん見た？」

「いや？」と白城。彼女の前で麦戸ちゃん麦戸ちゃん言い過ぎかも、と七森が反省してるうちに白城はアイフォンをいじり、七森も自分のアイフォンを見た。

だいじょうぶ？

麦戸ちゃんに送ったラインに既読がついていた。

七森は画面をじっと見た。返事に、時間がかかるような状況に麦戸ちゃんはいるのかな。白城はＳＮＳの話をしていた。

七森はインスタグラムとツイッターとフェイスブックのアカウントを持っていて、でもどれもめんどくさくてあまり更新していない。空き時間とかにアプリを開いて、トレンドを見たりするとつらい事件や炎上が目に入ってきて、それが悪いわけじゃないとわかってるけど、しんどくなることがある。

白城はツイッターで炎上している広告のことを話していた。

ジェンダーに関した炎上がよく起きていた。男女で待遇がちがったり、一方的に「女性らしさ」を求められたり、性差を広げることばやモノに対して。その声をでも、理解できないひとも多くいる。いままであたりまえとしてきたことが否定されて、あたりまえに生きてきた自分が否定されたと感じるひとも多くいる。

七森は、思う。

ひとのこと個人じゃなく属性でしか見てないような出来事が炎上するの当然だし、見てるとしんどくなることもあるけど、燃えた方がいいんじゃないか……。

白城は東京の駅やビルに大きく掲示されたポスターの画像を見ていた。女性が活躍する社会を、とうたわれた広告なのに、なぜか、働く女性はオスになる、というようなことが書いてある。

七森も同じ画像を見て、わけわからんと思った。結局、女性は働くのに向いてない、女性が仕事を続けていくには男社会に組み込まれていくしかないといわれてるみたいで、七森は心が沈んでいく。そりゃ炎上するよね、と同意を求めるように顔をしかめて白城を見たら、期待していた反応とちがった。

「なんなの。まじでこいつら。文句いってばっかり」と白城はいった。広告じゃなくて、広告を叩いてるひとたちに苛(いら)ついている。「子ども持ったら女は仕事休むのに。男が仕事してんだから。男社会なんだから、どうせ女は男みたいになるしかないじゃん。文句なんかいっても仕方ないのに」

どうしてこんなことというんだろうと七森は思った。こういうことというひとだって知らなかった。思うところをたぶん正直に僕に話すのは、彼氏である僕に気を許してるから？　僕が、「彼氏」という男だから？

「男」と「女」は分かれてる、みたいなことばが、七森は苦手で、嫌いだ。僕と白城はつきあっているけど、男女ふたりでいるだけで恋愛と結びつけて他人にいじられるのとかはむかつく。ひとのこと、「男」とか「女」じゃなくて、ただそのひととして見てほしい。僕は男だけど、女にモテるために生きてるわけじゃない。

七森は白城がいったことに同感できなくて、恋人と言い争ったりするのが嫌であんまりもうこの話をしたくなかった。それで白城が笑ったから、七森にうれしさがやってきた。SNSに流れてきた猫の動画を白城に見せると、うに顔が笑う。七森はぽかぽかする。心の奥はつめたくなっている。夜中の浮かれを思い出すよ
白城より麦戸ちゃんの方が好きだ。麦戸ちゃんとつきあえたりしたら、うれしい、いやしあわせだなあ、と思っていたけど、どういう関係になっても麦戸ちゃんへの僕の気持ちは、いまの、大好きな友だち、っていうものになるんだろうなと七森は感じているし、というかむしろ、友だちの関係が消えていくのがこわくて、恋の気持ちなんてわかんないのに、よりによって麦戸ちゃん相手に無理に恋愛するのはやめておこうと思ってきた。

それなのに、相手が麦戸ちゃんじゃないのがさびしい。

まだ友だちと恋人の区別がよくわからない僕には、彼女ができてしまった。このひとは麦戸ちゃんじゃない、と思うのは白城にものすごく失礼なことだとわかってる。

ぬいぐるみサークルの活動的な一五人のうち、鱈山さんと七森以外は女性だった。

ぬいサーのＢＯＸでは恋愛や男女の話があまりされない。そういう話、楽しいけど、疲れてしまうから。消費したり消費されたりしているって、自覚してしまうときがあるから。

ぬいサーは中学高校のノリがしんどかった七森には安心するものだった。恋愛とかでひとをネタにするひとがいない、性が薄い部屋だった。高校の女子グループといたときより居心地がよかった。僕は、男の子でなく、女の子みたいな男の子でもなく、何者でなくてもいいみたいでうれしかった。ＢＯＸに長いことといる分だけ七森の性が薄い、ジェンダーレスな部分は大きくなった。

だからこそ大学に入る前の、男女で分かれた群れを無意識に望むことが七森にはあった。教室の最後列を陣取る学生たちが、そのまま中高の延長のように「軽音のあの子バリかわいかった～」「ワンチャンあったやろ」とかいうのを聞くと、七森に湧いてくるたいていの感情は嫌悪だった。ひとのことモノじゃなくてひととして見ろ……って、何度も同じことを思う。それでもときおり、地元でからかわれて、気にしてきた自分の外見、男らしくなさ、恋愛へのコンプレックスみたいなのが、それゆえにアイデンティティに近かった「その自分」をなつかしむようにからだが疼いた。

ぬいサーのなかにいる自分よりも、女子グループのなかにいる自分よりも、「男」

と「女」が分かれた場所にいた自分の方が長く生きてきたんだ。

それだから、告白相手に白城を選んだのは、仲がよかったというのもあるけれど、彼女が、男社会の視線を含んだ「女らしい」ひとだからかもしれない。そんなこと、七森自身はまだはっきりとは言語化できず、白城の動作をかわいく思ったり、白城のことばに喉を痛めたりした。

ランチを終えると白城は三限に向かい、七森はBOXにまたいこうか四限まで自宅にいようかと、とりあえず家とBOXがある方向に歩きながら、そういえばデートの約束なんかをしてなかったな、と思った。白城にラインする。

こんど動物園いかない？

最初は植物園と送ろうとしたけれど、やっぱり動物園に変えた。

それから、麦戸ちゃんにまたなにかラインしようかなとアプリを開くと、本人から返信がきた。

大丈夫
ひとから大丈夫かと聞かれたら麦戸ちゃんは大丈夫というしかない。その感覚は七森にはわかるものだったから、なんにも聞かなきゃよかったなと思った。

＊

麦戸ちゃんと七森は同じ国文学科。去年の春、学科の懇親会で出会った。

あたたかい日が続き、いつもの年よりも早く大きく咲いた桜がキャンパスに立ち並び、新入生や親たちの心細さが花びらに集まって光の範囲が広がっていた。晴れていて、気温がちょうどいい。それだけで七森は健康を味わえてるようだった。

入学式を終えたあと、簡単な懇親会のために新入生たちは各学科に分かれて学部棟の空き教室に移動した。お菓子やジュースが用意してあって、スーツ姿で浮ついた新入生を前に教授たちが挨拶とおめでとうをいう。単位と授業システムの説明のあと、学科長が微笑みながらいった。

「ほんとは前に出て一二〇人ひとりずつに自己紹介をしていただきたいところなのですが、時間の関係でそうもいかないので、適当に島になって自己紹介をしてください。名前と、出身地と、趣味特技と、この学科やこの大学でやりたいこと、あと、そうだな、なにがいいかな、好きな本とか、好きな作家がいたりしたら、教えてください」

最後の質問は明るい調子で場を盛り上げるためみたいにいわれたから、新入生たちはそれにこたえて軽く苦笑いした。

「島がわかんないか。グループになってください。あ、いいや。先生方、学生たちを誘導してあげてください」

七森は左後ろの方にいたから、若い准教授の指示でそのあたりにいた学生たちとまとめられた。

好きな作家は特にいませんというひと。好きな本、なんだろう……と悩むひと。質問自体無視するひと。一八人いたグループで、その本の名前をあげたのは七森だけだった。

青川さんが教えてくれた本。

「七森も読んでみて。そしたらヤナくんにすすめてよ」といわれた本。

その小説を読んでいる途中で青川さんに告白された。読み終わらないまま置いておくのは未練がましい気がして七森は読み終えた。おもしろかったから、おもしろいなって、素朴に思おうとして思ったけど、ヤナにはすすめなかった。

いま、その名前を声にしたのは、その本を見ると青川さんを失恋させてしまったということを、思い出すのを少しでも薄くするため。その名前だけで存在させるため。僕は、あたらしい場所にきたんだって、自分に言い聞かせるため。

三〇分ほどでみんなの自己紹介が終わった。学科長がまた前に出ていう。

「時間が許す限りご歓談ください。用事があるひとやお家に帰らなきゃいけないひとはどうぞ帰ってもらって」

七森はチーズおかきをつまみ、ぬるくなったファンタオレンジを飲みながら、しばらくはグループで隣にいた男子学生と話していた。センター試験の話を彼は執拗に続け、でも七森はこの学校の入試に必要がないからセンター試験を受けていなかった。相づちだけで時間を延ばすのにも疲れ、彼が高校陸上で競ったことのある新入生を見つけたタイミングでそこを離れ、教室後ろの壁にもたれてひとびとを眺めた。

中くらいの教室に一二〇人プラス教授とＴＡもいればかなりきつく、それぞれが自分と共通の属性を持つ相手を見つけて、なければ作り出して仲良くなろうとしている。以前のコミュニティでの特性をアピールするような饒舌や気遣い。ねえ、さっき、と声をかけられた。

彼女はあの本の名前を口にした。

青川さん以外からその名前を聞いたのははじめてだった。

「あ、うん。僕、さっきいった。好きな本。もしかして、きみも？」

そっちも、きみも、あんたも、あなたも、相手のことどういおうか一秒迷って、きみも、っていったことが少し恥ずかしかった。

「うん。いいよね。わたし、好きだっていってるひととはじめて会った」

「あ、それは、僕も。えっと、……お名前は？」

「むぎとです。むぎとみみこ。麦にドアの戸に美しい海の子。きみのお名前は？」

七森は七森剛志と名乗って、お互い「お名前」なんていったことに笑えた。

教室からぽつぽつとひとが消えはじめていた。まだ夕方にもなっていなかったけれど、実家に帰ったり、ひとり暮らしの家で親が待っていたり京都観光したりするんだろう。

「お腹すいたー。お菓子みんなポテトチップスばっかりたべてる」

「僕はチーズおかき。実家？」

「下宿。出町柳(でまちやなぎ)の方」

「僕は、学生会館？　のそばの」

「あー。もしかして、廊下が真っ黄色い絨毯(じゅうたん)の？」

「えっ、そうだよ」

「わたし内覧いったー。あそこ家賃安くていいよね。廊下が真っ黄色いのはやばいけど。わたしも安いとこ住みたかったんだけど、オートロックじゃないとだめだって母上が」

「母上」

「冗談だよ」

「あ〜。親、きてる？」

「入学式終わったら帰っちゃった」

「僕も。ごはんいく？」

「いこうか」

入学式の時間が学部によってちがうから大学周辺の飲食店はその日どこも常時混んでいた。七森と麦戸ちゃんは、なんとなくひとがいなそうな方へ、「こっちって北？」「京都タワーがある方が南だから北だよね」と、烏丸寺之内（からすまてらのうち）の歩道橋に登り、数キロ先に見える京都タワーを確かめ、あしたからもこの子に会えたらいいなあと七森は思った。

ふたりはゆっくり一五分ほど北へ歩いて北大路ビブレに入り、でもそこも他大学の新入生と親で混んでいたので東へいってみて、橋を渡って左にあるケヤキ並木に吸い込まれるようにして植物園に入った。

温室がもう閉まっていたのは残念だったけど、それでも新鮮だった。池があり、薔薇（ばら）園があり、ヴィクトリア朝っぽいような泉の広場があり、なにより桜があった。

芝生の広場で同年代のカップルや親子連れがお花見をしてる。ぎゃーっと子どもが駆けまわっている。日曜日で、さっきまでイベントが行われていたのか法被（はっぴ）を着た大人たちがいて、ゆるキャラがステージ裏で着ぐるみを脱いでいるところが木陰から見えて麦戸ちゃんはよろこんでいた。ふたりで植物園をぐるっと回る。森みたいなところがあって、大きい台風で折れた木々がそのままにしてある。

「ホラー小説とかに出てきそうな森じゃない？」七森はいった。

「わたしもおんなじこと思った！」麦戸ちゃんがこっちを見て笑う。

しばらく散策したあと、麦戸ちゃんが小さい声でいった。

「死んじゃったね」

「え、なにが？」

七森の返事に麦戸ちゃんは喉が一瞬つっかえて、知らないんだ、と思った。だったら、七森くんにいうのは酷なことかもしれない。でも麦戸ちゃんは名前をいった。

あの小説を書いたひとが去年に亡くなっていたということ。それを聞いて七森は、そのひとが書いた登場人物は生きてるよ、と思った。すぐにこんなことばが浮かんでくる僕は、心を痛めてないのかもしれないと思って、なにもいわないでおいた。

森を歩き、池にいた白鷺（しらさぎ）の写真を撮り、泉のところへ抜けると麦戸ちゃんが目を擦っていた。泣いていた。

「だいじょうぶ？」

「大丈夫」

しくしく泣いてる。背中をさすったりした方がいいのかな、と七森は思う。でもそれは麦戸ちゃんにはこわいことかもしれない。僕らは会ったばかりだ。

「僕、ポケットティッシュいっぱい持ってるから」

「ありがと」

「つらいよね。好きな作家が……」

「そうじゃなくて、花粉症なだけ。入学式の前に薬のんだんだけど、お腹へってるとひどくなるんだ」

「あー。なんかたべにいこ」

「うん。なんか、湯気出てるやつ。湯気で、目と鼻がましになる」

ほんとは、さびしいのと花粉症と両方かもしれないと七森は思う。僕だったらそうなる、と思う。初対面で自分をひとに重ねるなんて……自分と似たひとへの安心の気持ちが七森にどんどん湧いてくる。

植物園を出て、歩いて歩いてけっきょく大学近くにある、やっているのかやっていないのかわからないうどん屋に入った。両手で両瞼をぐわっと開けて湯気にあてながら、「小説を書いてるんだ」と麦戸ちゃんはいった。

「小説家になりたい。さいきんは書いてないけど」

そんなことをはじらいなくいわれたのも七森ははじめてだった。

「そうなんだ。すごいね！」

「すごい？」

「うん。やりたいことがあって、それを本当にやってるんでしょ？　すごいよ」

七森には趣味とかない。やりたいこととかない。質問をすると麦戸ちゃんの声がキラキラしていくから、七森はうれしい。この子、すてきだな。僕もなにかにあこがれたい。

「僕もなにかしてみようかな」

七森がいってみると、麦戸ちゃんはもっと光り出した。

次の日もふたりで会った。

シラバスを見て授業を決める約束をしていた。サークル勧誘の花道を抜け、ＰＣルームにいってなんとか隣りあえる空きを探す。必修と語学、一般教養科目をいくつか登録すると、毎日ひとつから三つの授業があって、きつくはないけれど語学のために土曜日も授業に出ないといけなかった。

分厚い単位要綱のカタログをめくって、パソコンをぽちぽちしたらもう夕方。

ふたりは散策するか、サークルを見学しにいくかどうしようかなと話した。七森としては、麦戸ちゃんとふたりで京都を歩いたりしたかった。麦戸ちゃんが他の学生と自分より仲良くなってしまうのがこわかった。そう思う自分に疚しさもあったから、「ちょっとサークル見てそれからあそぼう」という麦戸ちゃんの案に七森はおおげさに賛成した。

外に出てベンチに座り、入学時に渡された校章入りの手提げかばんから、花道で上級生たちに大量にもらった部活やサークルのチラシを取り出す。

テニスサークル、茶道部、鉱物研究会、バドミントンサークル、テニス部、水泳サークル、史跡研究会、文芸サークル、短歌会、グリークラブ、野球愛好会……。

歩いただけなのに、手提げかばんが新入生の証となってそれぞれ四〇枚ほどチラシをもらっていた。

「やっぱり、文芸部とか入るの？　麦戸さんは」

「どうなんだろうな。小説、ひとりで考えた方が効率がいい気がするし。七森くんは？　運動とかしてた？」

「中学のときバレー、あ、バレーボールの方ね、やってたけど、顧問がすぐ怒るひとで……」

「じゃあ運動系はなし」

麦戸ちゃんは運動系のチラシをより分けてくしゃっと潰した。いっしょのとこ入ってくれるんだ……！　と七森はひたすら感動。

「これは？」

麦戸ちゃんはぬいぐるみサークルのチラシを手に持っていた。印刷されてモノクロになったプーさんやピカチュウの目が真っ黒で不気味だ。不気味かわいいものがふたりとも好きだった。

「いいね。チラシが」

「いくだけいってみようか」

いくだけBOXにいってみると、鱈山さんと三年生の西村さんと二年生の藤尾さんがいた。ぬいぐるみが好きな新入生女子が何人か見学にきていた。

「ぬいぐるみ作るのってどういう風にするんですか」

麦戸ちゃんがなに聞いても、ぬいサーのだれもきちんとしたぬいぐるみの作り方を知らなかったし、ぬいぐるみとしゃべることを新入生にはまだいう時期じゃなかったから、「何学部?」「出身は?」「下宿?」「パンキョーで楽なやつはなあ……」「入部したら教科書は上級生にもらったらいいよ」そういうことばかりいわれてはぐらかされた。

少しBOXにいるあいだに、麦戸ちゃんはぬいぐるみを触ったり写真を撮ったりして、同じようなことをしてる他の新入生女子と会話をして打ち解けはじめた。七森は初対面のひとと話すのが苦手で、麦戸ちゃんしか頼りにできるひとがいなくて心細かった。

「あんたらはどこからの仲なん? 高校?」と西村さんに聞かれて、「あ、いや。学科がいっしょで」と七森はいう。

それから、このなかでこの子といちばん仲がいいのは僕なんだぞって虚勢で「ね、麦戸ちゃん」といってみた。「麦戸さん」から「麦戸ちゃん」になった。それが麦戸ちゃんにウケて七森は超うれしかった。

三〇分ほどで出たあと、またこよう、なんかあやしかった、と麦戸ちゃんがいった。

そうして三日後の、あえて夜中にいってみることにした。

正門の閉まった学生会館はそばの通用口に学生証をスキャンして暗証番号を入力しないと入れない。ふたりは番号を知らなかったから、知らない上級生が出入りするのに合わせて、不法侵入みたいだねって笑いながら忍び込んだ。ぽつぽつ明かりの点いた、マンションみたいな学生会館からはときおりうおーっと馬鹿騒ぎの声が聞こえて、大学生っぽい！　と七森はうきうきした。

ぬいぐるみサークルのある階にいくと、閉まった扉の奥から声が聞こえた。開けると、鱈山さんがぬいぐるみに話しかけていた。

「どうして自分たちが至上だなんて思えるんだろう。他のひとたちがただ存在しているだけのことが危機になったりはしないじゃないか。現実はそうじゃないのに、自分たちが作り出した、危機なのだという言説や感情の方をリアルにして、それで盛り上がって、なんなんだよ、子どもみたいだ……」

なんの話？　七森と麦戸ちゃんは顔を見合せ、鱈山さんはふたりを見て、あ、といった。

「あ。えっと、この前きてくれたひとたちだよね？　これはその、あはは」

ぬいぐるみを背中に隠して、ぬいぐるみとしゃべることを新入生にどういう風に説明しようかと、鱈山さんはベッドの上にいる光咲さんに助けを求める。でも光咲さんは眠ってしまっていた。

「別に」と麦戸ちゃんがいった。「ぬいぐるみに話しかけるの変なことじゃないと思いますよ。いいですよね、話をしたり、話を聞いたりするのは」

麦戸ちゃんの目が見開かれて、瞳のなかに何百のぬいぐるみがぎゅっと詰まってカラフルなのが、とてもきれいだった。

だから七森は、「あのサークル入らない?」とあとで麦戸ちゃんを誘ってみた。

七森と麦戸ちゃんはいつもつるんでいた。授業もほとんどかぶっていたから、サークルに顔を出すときもいっしょだった。あるとき、西村さんから「あんたら双子みたいだね。ずっといっしょにいて、体型も髪型も似てるし」といわれた。なかよくなるほどに七森は、麦戸ちゃんに彼氏ができたりしてあそんでくれなくなったらどうしよう、と不安だった。

麦戸ちゃんはぬいぐるみとしゃべる。

自分の心のなかのことばをぬいぐるみが話してるっていう設定にして、それっぽく麦戸ちゃんは返事してるだけだろうな、と七森は思う。

この前、西村さんから気になる話を聞いた。電車のなかで、西村さんはぬいぐるみに話しかけてみたらしい。

「だれにもなんとも思われなかった。チャック開けたかばんから顔出したぬいぐるみに、人間関係の愚痴を話してたんだけど、耳にイヤホンつけてたから、だれかと通話してるようにしか見られなかった」

　西村さんがそのときぬいぐるみを鞄に入れていたのは、恋人とぬいぐるみとプリクラを撮るためだった。平成最後に撮っておこうよ〜、と恋人にいわれたのだった。恋人はぬいサーがどういうところか知っていて、でも西村さんがなにをぬいぐるみに話してるかまでは知らない。同性愛者だって学科やバイト先のひとにいうと、その場の言葉遣いが制限されたようになる。尊重してますよ、みたいな空気を出されるのがキモいと西村さんは思っている。その愚痴をぬいぐるみに話している。「わたし自身として見られなくなる」と西村さんは電車のなかでいった。「ぬいサーはまし。というか、ひとのセクシュアリティとか、ひとのこととかどうでもいいみたいで落ち着く」

　ゲーセンで恋人とぬいぐるみとプリクラを撮ったら西村さんはめっちゃ盛れて自己肯定感が上がりまくった。それから何度もプリクラを撮ってる。かわいいドラッグみたいだ。

　おもしろいって思ったのは、と西村さんは続ける。

「ハンズフリーで通話してるひとたくさんいるから、髪とかで耳が隠れてたらさあ、そしたら、わたしがイヤホンせずにひとりでしゃべってたとしても、耳元にイヤホンつけてるんだろうなって思われて、だれかと通話してるんだってことになっちゃうよね」

西村さんは無邪気にそういった。

心がしんどくなって本当にひとりで会話してるひとと、だれかと通話してるひとの区別がつかなくなること、おもしろい？　じゃあ、と七森は思う。設定や見立てとしてのぬいぐるみの声に返事をしてるひとと、つらい目にあって本当にひとりで話してるひと、本当にぬいぐるみから声が聞こえるひとの区別がつかなくなったりって、ありえたりするんじゃない？

麦戸ちゃんは、設定としてしゃべってるんだよね？

そう思うとなんだか心臓の音が速くなって、本当はいけないのだけれど、七森はこっそり麦戸ちゃんとぬいぐるみの会話を聞こうとした。こめかみを掻くふりをして遮音型イヤホンを右耳だけ浮かした。

「つらいね」と麦戸ちゃんがぬいぐるみにいっていた。

それが二年生の秋学期のはじめ、九月下旬のことで、それから麦戸ちゃんは学校にこない。

いまは一一月。

白城とのランチ後に七森がＢＯＸにいくと光咲さんが起きていた。

「しばらく前から、ひとりぬいぐるみが減ってるんだけど、七森くんなにか知らない？」

七森は知らない。

麦戸ちゃんが姿を見せないのと、関係があるのかな、と思ってしまう。

＊

つらいね、って僕が聞いてしまったから？

七森はときどき考える。そうであってほしいな、という希望を込めて七森は麦戸ちゃんが学校にこないことを想う。原因や理由がパキっとわかってると楽だから。それが自分のせいであったら、自分を罰すればそれでいいから。

麦戸ちゃん、麦戸ちゃん、だいじょうぶかな……そう思いながら白城とデートする。約束した一週間後の平日、ふたりは動物園にきていた。

動物はかわいい。モルモットを抱かせてもらったりもできる。かわいいに七森は夢中になった。反射的に生まれる感情が、いまをいまとして満たしてくれる。いま、しかない。かわいいの外のしんどいことが消えてくれる。腕のなかにモルモットがいて、隣に白城がいる。七森のモルモットは「くろごまちゃん」で白城のは「所沢くん」。

「名前が人間すぎる！」

ふたりで笑ってかわいいかわいいといいあった。

「わー」

黒豹に感動して、檻の前で黒豹と白城を画面に入れて自撮りする七森、わー、ともう一度いう。

「七森ってほんと女の子みたいだね」

「え、もっとなんていうか、男らしい？　方がよい？」

「いや、無理して男らしくしなくていいよ。七森っぽいなって思っただけ。好きだよ、そういうとこ。恋人としての好きではないけど」

恋人としての好きではないのに、白城はつきあってくれてるんだ。恋人として好きじゃないのにどうしてひととつきあえるの？

僕は、なにを求めて白城とつきあっているんだっけ。つきあうことが目的なら、もう叶ってしまっている。

帰り道、美術館や劇場やお寺が並ぶなかに、原色が褪(あ)せてくたびれたおもちゃみたいなラブホテルがぽつんとあった。あきらかにふたりともの視界に入っていて、景観に不似合い過ぎるこれ、笑わないで無視したら、むしろなんか意識してると思われるのかな。

「めっちゃさびれてる」と七森はいってみた。

「営業してんのかな」と白城。

寄ってみる？　とか、その気があってもなくてもネタみたいに、みんないってみたりするのかな、と七森はもじもじする。

「どうなんだろ」白城がいって、七森をじっと見てきた。

「え、なに……」

「別に？」って白城は笑ったんだ。

風で落ち葉がくるくる渦巻く。オレンジ色の空。地下鉄から吹きあがってくる風の強さに身を寄せあったりした。白城を家まで送る。

「お茶でも飲んでく？」

「あ、うん」

白城がマンションのオートロックを解除するときの沈黙。エレベーターで一一階まで上がるときの時間の沈黙の長さ。タイル張りの廊下は外からは見えなくて薄暗い。動足音はしなくて、七森はきょう白城がヒール履いてこなくてよかった、と思った。

物園だけど、女の子がヒールを履いてるカップルが何組かいた。僕は白城にがんばらせてないみたいだと思った。いっしょにいるひとがリラックスしてくれてるっぽい。それが七森には誇らしかった。恋人の部屋にいることに緊張せずお茶できたらいいな。白城の部屋はワンルーム十帖で、家具は七森の部屋とそう変わらないＩＫＥＡのものだったけれど、いいにおいすぎる……。机や棚の上、洗面台にあるたくさんのクリームやスプレーに七森はいちいち感動。

「紅茶とチューハイどっちがいい？」

「あー、紅茶がいい」

七森は酒が苦手だ。自分が酔っぱらうのも、酔っぱらうひとのことも嫌。迷惑をかけてしまうし、酔っているからという理由で許されるのが腹立たしい。でも、たまに、飲んでしまう。一週間前白城に告白したとき僕は、酒が抜けてた、よね？

年が明けたら地元で成人式があって、そのあとにきっとある同窓の飲み会を考えただけで七森は憂鬱(ゆううつ)になる。中学高校時代に苦手だったノリが、ぬいサーで過ごしたことではっきりと嫌なものになってる。つよし彼女できた？　つよし童貞？　とかからかってくるんだ……。

白城がふたり分の紅茶を用意してくれたことが七森はうれしかった。夕方で、部屋をななめに割るように光が射している。湯気が壁に映った僕らの影を溶かしてく。

「さむい？」

白城がささやく。部屋に入ってきたときから窓が開けっぱなしだった。七森が首を振ると白城は小さく笑った。少しして、七森の方から窓を閉めにいったのに、夕陽に吸い込まれてベランダに出た。ちょうどいい気温。鳥が泳いでる。左を向くと大文字焼の「大」の字が見える。じっと見ていると夜になった。

「泊まってく？」と白城がいった。

緊張する。

「うん」

長考するのは失礼なことかもしれないと思って、これくらいが適度かなという感じの間を置いて、七森はうんといった。シャワーを借りる。白城がシャワーを浴びてる音がする。

七森は白城と白城の部屋にずいぶん気を許していたのだけれど、もうだめ。余裕なんてない。

「こっちくる？」

「うん」

ベッドに入る。いいにおいすぎる。手が、繋ぎあいそうになる。これは、セックス、する流れ？

流れ、なんだろうな、と感じる。

こわい。

性欲はある。でも、セックスって、暴力みたいだって、七森は思ってしまう。クラスのなかでだれがかわいい？　だれとヤりたい？　高校のとき男子たちがいってたことに、加担してしまうように思ってしまう。エロ本とか、AVとか……女のひとが見た目でしか判断されてないものが、したことのないセックスを想像するときに思い浮かんでくる。そういうの、嫌だ。ひとりで、発散できるし……勃起してる……しないで……こわいよ、僕は、性欲のこと、僕が……無理。ひとりでだいじょうぶなら僕は、ひとりでだいじょうぶでいたい。七森は白城から手を離した。

そのまま天井を見ていて、なにかいわなきゃって思うのに七森はなにもいえなかった。するなら、白城からなにかしてきてくれたら、いいのに。でも白城もなにもしない。なにもいわない。僕からするのを待ってる？

天井を見続けて何分も経った。すーー、と七森は音を出して息を吐いて、寝たふりをした。朝まで眠れずそのままだった。

白城になにもいわずにベッドを出て、朝の五時ごろ家に帰った。

ごめん朝からバイトなの忘れてた

展示の搬入がめっちゃ早い時間からあるんだ

またね

電車のなかで白城にうそのラインをした。またね、とすぐに返事がきたから、白城も起きてたのかなと七森は思った。

それから七森はずっと連絡をせず、二週間後、「別れよう」と白城にいわれてほっとした。

嫌だ、っていえない自分がさびしかった。

なんで？　とさえも僕は聞かないんだ。

「僕ら、いい関係だったかな」とかいっちゃってる僕はすごく無責任で、自分に酔っちゃってるかもしれないって、七森は思う。

「そうだと思う。恋人としてはやっぱりもの足りなかったけど」白城はいって、笑ってくれた。

「そうかも」七森も笑いながらいってみると、白城はまた笑ってくれた。

白城のこと、好きだな、と思う。でも、それはいまはいわない。恋人としてってっていうのじゃなくて、ひととしてだから。もっと友だちになれたら、好きだなって気さくにいえたらいおう。「恋愛」っていう選択肢の大きさを、ひとと別れたことでちょっと弱めることができたかもしれない。「恋人」っていうものになりきってしまう前の浅い場所で、白城と別れることができてよかった。

大学の図書館前のもみの木に電飾がぐるぐる巻かれていて、灰色の大理石みたいなベンチに白城と腰かけていると夜になり、ツリーが点灯した。

一一月下旬、学園祭の最終日だった。これから何年も、この時期になると白城とここで別れ話をしたことを思い出すのかもしれない。それが、「告白した彼女に一か月でふられた」っていう外面に侵されてしまわないよう、僕はいまのこのあたたかさを隅々までおぼえておこうと七森は思う。

白城の膝の上に綿のかたまりがあって、夜に白く花みたいに浮かんでいた。

白城が学祭のために作ったぬいぐるみ。

ぬいサーに顔を出す部員たちは学祭の賑やかさが苦手で、この期間は学校にも学生会館にも近づかないようにしていたのだけれど、「今年はなにかやってみようかな。参加したくないひとはぜんぜん参加しなくていいんで」と鱈山さんがいったのだ。

「おれは、ぬいぐるみにつらいことばかり聞かせてしまってるから。だから友だちを作ってあげたら、ちょっとはよろこんでくれるかなって」

そうしてオリジナルぬいぐるみを作って出店することになった。「七森もどう?」と誘われて、「白城もどう?」って七森が誘った。

一五人のうち十人がぬいぐるみを作ることになって、だれも作り方を知らなかった。調べてもむずかしかったし、発起人の鱈山さんはあたらしくぬいぐるみを作ることでいつも話をしているプーさんとうさぎをさびしがらせてしまうのかも、とか思って、そのふたりの服にポケットを付け足すだけにした。

七森と白城には友だちといえるぬいぐるみがいなかったから、作ってみることにしたのだけれど、ひどい出来だった。

皮膚を拵(こしら)えるのが間に合わず、中身の綿を丸めたものに布の黒い目をつけたぬいぐるみが白城の友だちで「わたわた」という名前。

黒い綿、白い布の右目と黄色いガラスの左目のぬいぐるみが「おばけちゃん」。七森の友だち。

他の部員も似たような出来で、うまく作れたひとはその分だけぬいぐるみに愛着が湧いて売り物にするのが嫌になり、けっきょく露店のブースにぬいぐるみを並べ、やってきたひととしゃべれそうだったら適当に話す、という出店になった。そのぐだぐだした感じはぬいサーっぽくて自分たちとしては満足だった。

「わたわたかわいい」と七森がいった。

「えっ。うん。おばけちゃんもかわいい」と白城。

おばけちゃんは夜に紛れてぜんぜん見えない。時折、露店撤収のためのライトが左目にあたって反射する。

「ねえ、白城は」

「なに?」

「ぬいぐるみとしゃべらないの?」七森が聞くと、白城は苦笑いした。

「しゃべんないよ。わたし、そういうキャラじゃないし」

「キャラ……。じゃあなんでぬいサーに入ってんの?」

「ぬいぐるみサークルに入ってるっていうと、もういっこわたしが入ってるイベサーで男ウケいいから」

「あ……そうなんだ」

「でも入ってよかったよ。向こうはセクハラっぽいコミュニケーションが多いから」

「そう、なんだ。そっちのイベントサークルは、やめないの?」

「やめないよ。ぬいサーの方が安心できるけど、でも、安心できるところの方がめずらしいじゃん。世のなか」

「世のなか……」

「落ち着くところにばっかりいたら打たれ弱くなるから」

「……打たれ弱くて、いいじゃん。打たれ弱いの、悪いことじゃないのに。打たれ弱いひとを打つ方が悪いんじゃん」

世の中、ひどいことばかり起きるっていうのが……。

「でも現実はふつうにひどいことが起きるのがふつうだよ」

こうやって白城のなかで、ひどいことが自然法則みたいになってるのがつらい。七森の声が掠(かす)れてくる。

「だからなの？」

「だから？」

「だからこの前、一か月くらい前、サイゼで『どうせ女は……』とかいってたの？」

「いってたっけ」

「いってたよ。もしかして無意識？　無意識であんなこといってたの？　それ、もういっこのサークルやめた方がいいと思うよ。嫌なことから自分を守るために、白城、嫌なものになっちゃってるよ」

「……嫌なものとか、いうのやめて」

「ごめん」

「そういう正義感みたいなの、しんどいから。七森、わたしがなんかいうと、ちょいちょい顔しかめることあったよね」

そうなの？　七森はおぼえてない。

「だから、そのうち、いまみたいに険悪な感じになるかもしれないって、わたし七森と口論したりしたくなかったから。七森、いちいち傷つくでしょ？　それにわたしのこと好きかどうかわかんないし、だから別れようっていって、いい感じに別れられたって思えたのに、そしたらすぐこんな話してる」

「こんなこというと、よけい嫌かもだけど、僕、白城のこと好きだよ。友だちとしてめっちゃ好きだなって、別れたから思えたよ」

よけい嫌かもって、自分でわかってるのに七森はいってしまって、喉が締まって手に力が入る。おばけちゃんがへこんで、その分押し出された目のガラスが指にあたった。

「それに、話さなきゃ。話さないと相手のことにも自分のことにも気づけない。あ、だからみんなぬいぐるみに話してるのかな。そうかも。自分のことばでひとのこと傷つけたくないから、でも話さなきゃって思うから、ぬいぐるみに話してるのかも」

「え……なんの話。てか、おんなじようなこと鱈山さんがいってたよね。話を聞いてくれる相手がいるだけで……みたいなこと」

白城が笑った。

ことばの数秒あと、不自然な笑いだった。

無理やり、明るくしたいのかも。もう僕らの会話を終えたいのかも。七森は察して、

「ほんとだ！」と無邪気を作っていってみた。

ケラケラっと七森は笑ってみる。笑い過ぎたら不気味かな、と表情を調節しながら。風が強く吹いたり、露店やステージを撤収しているひとがパイプをひとつ落としたり、空間が少し揺れるだけで崩れてしまう妙なハイテンション。せっかくこれを作れたのだから、このままで帰らなくちゃと七森は思う。

「じゃあ、またね！」といってみた。

「うん」って、白城もいってくれた。

別れ話なんか、なかったみたい。まだつきあってる途中か、最初からつきあっていなかったかのようだった。

帰り道、同じ方向を歩きながら、これ以上会話が生まれないよう歩くのを遅くして、

距離が隔たるのを七森は待った。

ごめん

ラインを送ろうとして、でも、ごめんとかいって楽になるのは自分じゃないかと七森は思った。ごめんということばを送って、こっちこそごめん、を引き出す？　それで白城も楽になる？　その想定をする傲慢さによけいしんどくなった。考え過ぎだ、と自分でわかっているけれど、いまは沈みたい。

＊

クリスマスから二週間ほど冬休みがあって、一月の下旬には期末試験がある。出席点がなくて麦戸ちゃんは必修の単位を落とすかも。事情が事情であったりするならば追加のレポートとかでなんとかしてくれる教授もいる。麦戸ちゃんになにがあったのか、ぬいサーのひとも学科のひともだれも知らなかった。七森は麦戸ちゃんと被っている講義のレジュメやノートを鞄に詰め込んで麦戸ちゃんの家に向かっていた。

白城と別れてから三週間くらい。白城と別れたことを七森はだれかに話していないし、そもそもつきあっていたことも話していなかった。どうしてなんだろう、七森は自分でもわからない。とりあえず彼女がほしかっただけ、という疚しさを維持したままここまできてしまったからかもしれない。みんなとりあえず恋人がほしい自分の気持ち悪さをどうしてるんだろう。

一二月のつめたさを抜けながら出町桝形商店街を歩いた。告白したときのことを思い出しそうだから白城とは一度も話してない。BOXに七森は顔を出さなくなったし、キャンパスで白城を見かけるとちがう道を選んでしまう。

こういうとき、呑んで笑いあったりしてくれる男友だちのひとりさえいない。僕はちょっと、男のひとがこわいのかも。自分のことも。こわがって、嫌ううちに、身の回りの本当よりも男のひとを悪にしてしまってる？　と思うことがよくある。「男」とか「女」とかで分けないでよ……と思ってる僕がかえって男性をディスってよけいに区別してるんじゃ、と思うことがある。

でも、家からここまで歩いてる途中、「何点ぐらい？」「六八点」「ブスやん」「まあまあやろ」と学生が話してるのを聞いてしまった。

僕が、怒ることができればよかった。そんなこと、いえてしまえるひとたちのことがこわくなかったらよかった。僕がこんな体型じゃなくて筋骨隆々で舐められない見た目をしていたら……注意、したのかな。

でも僕もたった数年前まで、同じようなことをいってなかった？　いっしょに笑ってなかった？

僕も最低で、この最低を抱えて生きていくことに酔えたらどんなに楽だろ。注意、したい。怒れるようになりたい。でも、こわいんだ、僕はただ、他のひとたちにも、自分の言動でひとが傷ついてるかもしれないって気づいてほしい。気づいて、そこからはみんな仲良く、健康に生きてくれたらいいのにな。いまの僕みたいに、しんどくなってほしくない。

僕が、他のひとの分まで、加害者性とか、生きづらさとか、吸い込めたらいいのに。それでパッと、こわいもの、傷つけてしまうものをぜんぶ抱きかかえて消滅できたらなあって、甘い夢みたいに思う。

しゃがみ込んでしまう。寒くて、指を、じっと見ているとひび割れてきた。自分のことを最低だと思うことばでしんどくなってきた。頭が痛んで、えずく。

濃い影に点滅する信号の色が映ってまたたいた。そのなかに鳥がじっとしている。鞄から取り出した頭痛薬を飲んだ。こんな状態でひさしぶりの麦戸ちゃんに会うのはきつい。ほとんど家の前にきていたけど、引き返して、アーケードを往復して犬や赤ん坊を見て心をなごませようとした。実家で飼っていた犬のことを想おうとしたけど、できなかった。

京都アニメーションの作品のモデルになった商店街で、哀悼メッセージが掲げられていた。しんどいとき七森は別のしんどさも吸い込んでしまう。放火事件へのやるせなさが、沈んだ感情というだけで無意識に繋がる。つらさとつらさの境がわからなくなってくる。

こめかみを押さえながら歩き、鴨川沿いのマンションに入る。オートロックの前で部屋番号と呼び出しボタンを押した。

麦戸ちゃーん、という、掠れた声に自分でびっくりしてしまった。

七森はオートロックのカメラの前に立ちながら、通気の悪いエントランスの空気に呼吸が浅くなってくる。

自分の部屋にいた麦戸ちゃんは、インターホンの音にびっくりして、おそるおそるモニターを見てみた。

あ、ナナくん……と麦戸ちゃんは思った。魚眼カメラに映る七森は、涙目だし、顔色が悪い。だから麦戸ちゃんは心配して七森をマンションに入れた。七森が元気そうだったら、麦戸ちゃんは安心して無視していたところだ。

麦戸ちゃんは何日も着ていたTシャツと短パンの部屋着を替えもせず、いてもたってもいられなくてエレベーターの前まで迎えにいった。エレベーターが上がってきて、ドアが開くと麦戸ちゃんがいった。

「ナナくん、大丈夫？」

「わ……」七森は麦戸ちゃんが待っていてびっくり。「だい、じょうぶだよ。麦戸ちゃんは？」

「わたしも大丈夫」

お互い心配しあって自分の問題を忘れようとした。大丈夫じゃなさそう、とふたりともが思う。麦戸ちゃんは、部屋に入ったら着替えてメイクもして、明るく振る舞おうと思った。親友がしんどそうなときに、わたしがしんどそうにしているべきじゃない。

「あ、そうだ、先に」部屋まで歩きながら七森はいう。「これ、ノートとレジュメ、をコピーしたやつ、ふふ、あげるから、期末は出てよ」

ひさしぶりに麦戸ちゃんと会ってるのがうれしすぎて七森は笑ってしまう。大好きなひとにお迎えにきてもらった保育園の子どもみたいになって、麦戸ちゃんの部屋に入るともっとうれしい。「さっき犬見たんだけどおしりめっちゃピンクだったよ～。かわいかった。そうだこれ！　作ったんだ。名前はおばけちゃん！　麦戸ちゃんに見せようと思って、持ってきた。学祭にさあ、お店出したんだよ、ぬいサーで。鱒山さんがなんかしよやっていって。いや、関西弁じゃなかったけど。なんで僕は関西弁でいったのかな。わかんない。ぜんぜん、なにもわかんない。鱒山さんはさ、生きてるのがとてもしんどそう。この前なんかぬいぐるみに銃乱射事件のこと話してたし。だいじょうぶかな。つらいのかな。つらい、ってふつうにいえたらいいのにね。学祭で鱒山さんはぬいぐるみにポケットを作った。僕はおばけちゃんを作った。あ〜〜〜麦戸ちゃんの分も僕作ったらよかった。こんどいっしょに作ろう？　それできょうだいにしよう？」

　こわ、と麦戸ちゃんは思った。ナナくん、暴走してるみたいだな。ちょっと笑ってしまいそうで、その分だけ痛々しくて見ていられない。なにがあったんだろう。聞いても、いいのかな。震えてる。こわいんだ。つらいって、ひとにいえないんだ。わたしもいえない。

「寒いの？」と麦戸ちゃん。暖房をつよくするけど、それでも七森は震えてる。

　七森ははしゃぐばかりで、麦戸ちゃんがなんで学校にこないのか聞けない。空元気してるうちにまた声が嗄（か）れてきた。発話することばとは別に濁音が層となって喉から出た。しゃべるほど、しゃべっているということが痛々しい音になって、それがやがて感情みたいに、意味より大きくなりそうで、七森は何度も咳払いをして掠れを消そうとするけど消えない。呪いみたいだ。

それごと祈るように、七森はえずきそうになりながら、どうして学校にこないのか、教えて、という。

麦戸ちゃんの目から涙がすーっと出た。麦戸ちゃんは七森の瞳のなかを見て、わたしは泣いてるんだと気づくと涙が波になっていった。七森の目も潤んで、しばらく涙は瞼から漏れずに溜まって揺れる。映るものを朧にするのを繰り返した。そのなかで麦戸ちゃんは泣こうと思って泣くことができた。

ナナくんの瞳がわたしを覆って、守ってくれてるみたいだと麦戸ちゃんは思い、安心を作り出すようにその喩えを強くした。わたしはだれからもうまく見れない。ナナくんからも、わたしからもぼやけてる。ひとりきりで自傷してるみたいにいま、安心してる。麦戸ちゃんはベッドの上に座っていたぬいぐるみを手に取った。

「この子と、話してたんだ」麦戸ちゃんはいって、やっぱり笑った。

笑ってるのは、強がってるからだ。七森は麦戸ちゃんに無理させてしまうのが悔しい。僕ら、人間じゃなければよかった。心とからだとことばが、こんな風にずらすことのできない、ひとつのものだったら。ことばと社会といち個人、いろんなリアリティが等しくて、ずれがなくて、アイデンティティとか意見のちがいが発せられたことば通りに単純だったらいいのに。そしたらなにもかもさくさく進めて終わらせることができて、またすぐはじめることができるのに。

そんなあきらめや怒りなんて、声にも顔にも出さずに七森はいう。「かわいい」って。

「かわいい。ぬいぐるみさわっていい？」

「うん」

ＢＯＸから勝手に持ってきちゃった、と麦戸ちゃんが笑って渡す。

古めかしいその子は、日に焼け過ぎて変色し、褪せた水色の皮膚をしているくまで、それと不似合いにあたらしめの白いワンピースを着ていた。くまには目がない。鼻がない。口と耳がある。毛がところどころ束になって抜けていて、皮膚の下の白い網目が露出して、焦げた痕、切られた痕もあって、目がないから、それらの傷が目のように見えたり顔に見えたりする。

ぬいサーはぬいぐるみを捨てたことがなくて、ぼろぼろのぬいぐるみがたくさんある。ゴミ捨て場に置いてあるのを拾ってきたり、ぬいサーのことを聞いた学生かだれかがときおりＢＯＸの前に放置していったりするのを部屋のなかに迎え入れる。

でも麦戸ちゃんがいま持ってるぬいぐるみほど傷ついてるものはなかった。かわいそう、と七森は思って、でも、かわいそうだなんて他人が勝手に思っていいことかなと思い直して、かわいい、ともう一度いう。

「名前は……?」

「ないんだ。つけられないでいる。名前をつけて、あたらしい子にするのが安心になるのか呪いになるのかわかんないから。なにも考えずに適当につけてしまったらいいのかも。でも、そんなことをするにはもう時間が経ちすぎてる。秋学期のあいだずっと、わたしはこの子と話してたんだ」

七森は思い出す。麦戸ちゃんとぬいぐるみの話を聞いてしまったときのこと。「つらいね」というあの声。

「ねえなにを、麦戸ちゃんはぬいぐるみと話してたの?」七森はいう。「よかったらだけど、教えて。僕は、つらいことも、なんだって、麦戸ちゃんとなんでも共有したいよ」できるだけ小さな声でそういう。

「うん」と麦戸ちゃんはいう。七森にならば、話せる。「えっと、でも、この子に話すようになるまでの話を、ちょっと、させてね……?」

七森は頷く。

「夏休みの終わり頃、ひとが痴漢されてるのを見たんだ。電車のなかで、女のひとが……あてられていた」

七森はそれを聞いただけで、胸に穴が開いていくのを感じる。

「こわかった。わたしがされてるみたいに、なって、わたし、なにもできなくて」

僕もその場にいられたら、と七森は思う。麦戸ちゃんとふたりだったら、そのひとをそこから逃がしてあげることができたかもしれない。麦戸ちゃんだけでも、僕が隣にいることで楽にさせてあげられたのかも。思うほどに苦しくて、死ね、と七森の頭に湧いてくる。止められなかった麦戸ちゃんが悪いわけじゃない。犯罪をしたそいつが、死ねばいいいんだ。そうやって、憎悪を出して、心が擦り剝けていくのがわかる。

「わたしはね、中学とか高校のとき、痴漢されたって友だちから話を聞いたことは何度もあった。でもそのときは、かわいそうだな、最低だな、って思いはしたけど、それも、なにか、ポーズみたいな風にして、すごく他人事として思ってた」

七森がうつむく。それを見て麦戸ちゃんはことばが詰まった。わたしの話に、ナナくんはしんどくなってる。でも、教えて、っていってくれたから、わたしは話す。

「学校や放課後で友だちは、そういう話を、明るい感じで話してて、いま思うとそれは本人もどこまで自覚的かわからない、バリアみたいなものだったんだと思う。真剣に、泣くことができない空気のなかにいてしまったから。わたしは、むかしも、いまも、そういうことされたことなくて、いや、もしかしたら、ことばではなにかいわれてきたのかもしれない。そういう風に見られてきたのかもしれない。人並みに、女の子として、『ふつう』に生きてきたから、わたしも、身を守るように受け流してきたのかもしれない。セクハラとか差別とか性犯罪とか、許せないって、思ってたけど、それも、一般常識みたいな、わたしの問題としてではないものとして、だった」

麦戸ちゃんはこんな話をすること自体がこわかった。いままで話せるひとがいなかった。ひとに話したいとは思わなかったから。

「電車でのことを見て、それまでのわたしじゃなくなった。なくなってしまったんだ。そのときから、そういうことにいままでよりも怯えるようになった。そういうニュースに敏感になって、いっぱい、起きてるじゃん、起きてきたじゃん、こういう社会のなかで、どうしていままで生きてこれたのかなって、生きてきて、生きてる自分のことも、わたし、しんどくて仕方なかった」

麦戸ちゃんはこんどは涙を拭いた。自分が話すことで出てきたそれが、なにかいけないものであるみたいに。

「その電車に乗った日から、生きてるのがつらくて仕方がなかった。それを同時に俯瞰してる自分もいてくれたから、こういうときひとに話を聞いてもらうと楽になれるかもしれない、でもそのひとをしんどくさせてしまう、だからぬいぐるみに話そうって、秋学期のはじめ、ＢＯＸにいった。あのとき、ナナくん聞いてたよね？」

「うん。ごめん」

「別にいいよ。あのときぬいぐるみの山のなかにこの子がいて、自分に似合う服を見つけたときみたいなキラキラがあった。そのとき空間がぽわーっとして、そしたら、『わかるよ』ってこの子がいった。『わたしも、まだだれかにいうことはできないけど、つらいことがあって、それまでただのわたしだと思ってた自分が、変わらせられた』ってこの子はいった。わかるよ、ってわたしも思った。この子の話はわたしの話で、わたしの話はこの子の話だって、乱暴かもしれないけど、思った。『つらいね』ってわたしは、躊躇（ちゅうちょ）なく自然とぬいぐるみに声を出してた。いつかわたしは、この子の名前を呼びたい」名前ごと、あなたは大丈夫だよ、って麦戸ちゃんはいいたい。

「いまは、なにかいってる？」

「いまはなにもいってない。わたしたちの話をじっと聞いてるのかな。ぬいぐるみから声が聞こえてきて、心の病気なのかもしれないって思った。病院にいったら、こうやって受診しにきたってことは自分のなかですでにある種のセーブができてるということだから、様子を見ながら通院しましょう、っていわれた。でも、そこからぜんぜん病院にいってない。わたしは大丈夫だから。わたしは、大丈夫なんだ。つらいのはわたしじゃない。この子や電車で見た女のひと。そういう目にあってるひとたち。でも、この子の話を聞いて、ニュースを見てわたしも体調が悪くなってしまう。ひとのことがこわくなってしまった」

麦戸ちゃんは七森をしんどくさせないために微笑もうとしたけれど、話し終えると、ことばに遅れて痛みがやってきて、涙が止まらなくなった。

七森は麦戸ちゃんの背中をさする。でも、どんなことばをかけたらいいのかわからない。

僕も同じだよ。麦戸ちゃんの気持ち、わかるよ。七森はそういいたい。でもいえない。同じじゃないから。僕は男で、やっぱり、恵まれているから、と七森は思ってしまう。

落ち着いたあと、麦戸ちゃんは笑ってこういえた。

「だからちょっと、ひとに会えなかったんだ」

それからふたりでスマブラをした。ゲームキューブのもので、実家にあった兄のものを麦戸ちゃんが勝手に持ってきていた。そういえば、麦戸ちゃんは留年？

「いや、ふつうに単位取れなかった授業も三年になって履修したら大丈夫、だと思う」

「あ。そっか。そうだね。ふつうに」

「今回の期末も受けてみる。ノートありがと」

ふたりともそっけなくいう。画面だけを見てコントローラーを高速で操っている。戦っていて、ふたりとも相手に勝ちたいとは思っているのだけれど、それよりも拮抗してふたりでバトルを踊りあっているのがうれしい。きれいだ、と思うことばよりも先に目は一瞬を網膜に焼きつけている。そのよろこびのなかで七森は、もっともっと未来に生まれたかったな、と思う。だれも傷つかないでいい、やさしさが社会に埋め込まれたもっともっと未来に。

ふたりは何時間でも無言で大丈夫だった。安らぐ相手とのもともと気にならない沈黙が、熱中するものを通してキラキラな沈黙になる。そのなかで感嘆したり悔しがったり、けっきょく五時間もスマブラを続けた。最後の一時間は帰るのがさびしい七森の気持ちを麦戸ちゃんがくみ取った惰性で、ふたりとも数分ごとにアイフォンで時間を見て惜しんだ。

でも今日が特別みたいにならない方がいいと七森は思う。

「帰るね」

そういうと七森はソッコーで麦戸ちゃんの家を出た。

マンションの廊下に出ると、じゃあね、いつまでも扉を開けたまま麦戸ちゃんが手を振ってくれるから、それだと寒いよと思った七森から手を振るのをやめて帰路につく。

外の気温はマイナスになっていた。暖房が染みたからだの上でつめたさが様子を窺(うかが)って熱が出たみたいにしばらくはくらくらする。商店街にはだれもいない。冷え切るまでは集中力が上がるような静けさだった。おばけちゃんをマフラーの内側にいれてあたためる。少しだけ北にそれて、相国寺(しょうこくじ)の真っ暗い境内のなかで、七森はおばけちゃんに話してみた。

「麦戸ちゃんの話を聞いているあいだ、僕もつらかった。僕も本当は泣きたかった。麦戸ちゃんのしんどい気持ちが、自分のことみたいに僕もしんどかった。これは、共感なのかな。大事なことなのかな。大事なこと、なんだと思う。でも、僕が傷つきたくて傷ついてるだけなんじゃないかなって、やっぱり思ってしまうんだ。僕が、傷ついてるから、傷ついてる僕は加害者じゃないんだぞ、悪くないんだぞ、って自分に言い聞かせたいだけなのかもしれない。傷ついて、楽になりたいのかも、そういうことを考えてよけい苦しい。でもね、麦戸ちゃんとなんでも共有したい、そういったけれど、僕がしんどいことなんか、どうでもいいよね。僕は恵まれてるんだ。僕は他人からとつぜん侵害されたりしてない。僕は自分のことばで自分を傷つけてるだけ。いまはそこにとどまってたい。僕がどれだけしんどくなっても、それでいい。僕は男。僕も、いるだけでだれかをこわがらせてしまっているのかも。このしんどさが、だれかを傷つけないことにつながるならそれがうれしい」

これは宣言、みたいなもの。僕がこのことを忘れてしまっても、おばけちゃんがおぼえていてくれるかもしれない。

＊

七森は木や石や幽霊みたいになりたい。いてもいなくてもいい。死なないから、消えながら生きていたい。七森は思いたって、金髪にしてみた。印象に残る外見をしていれば、僕のことばや他の部分は後味がないものになってくれるかもしれない。

まず明るい色に染めて、そこからブリーチを三回。炎症しまくった頭皮に瘡蓋（かさぶた）がいくつもできた。寝る前に剝がしてそれが少し快感になる。しばらくはフケもすごい。

でも金髪で目立たないぞ。

ホワイトブリーチと脱色を維持するシャンプーを一式、お正月の帰省用スーツケースのなかに入れた。駅まで迎えにきてくれた母親の車に乗り込むとき、七森は急に恥ずかしくなってきて後ろに座った。

「あんた髪！」まず非難するように母親はいって、なんで？　と聞いてくる。

「別にいいだろ」と七森。田舎の山を越えて、町にひとつだけあったコンビニが今日ちょうど閉店なのだと聞いてしんみりする。コンビニの前には車が止まっていて、半分ブラインドが閉まった店内に何人かひとがいて腰から下だけが見える。

「自分でやったの？」

「うん」

「へえー。きれいに色抜けとるやん」

母親は好奇の目。うらやましがってるみたいにも見える。金髪、うまくいってるな、と思った。ひとといるときの話題になる。こういう世間話は好きだ。家族とさえ、長く続いてほしい。相手に踏み込まないでいられる。踏み込まれないでいられる。

母親は声量が小さめで、耳も遠い。赤信号で車が止まるのをきっと待っていた。振り返って、直に息子を見ていう。

「きのうゴンが夢に出てきて。あんたが帰ってくるから」

ゴンが死んだのは白城とつきあっていたときで、実家の犬が死んだこと、七森は白城にいわなかった。ゴンは一五歳とか一六歳の高齢だった。七森が中学生のときから弱ってて、いつ死んでもおかしくなかった。

今朝、ゴンが亡くなったよ

と、母親からラインがきただけ。

そう

七森の返事もそれだけだった。中学生のときから、ゴンの死があらかじめ訪れていたみたいに死の知らせに落ち着いていた。

「家帰ったら手ぇ、合わせてあげて」と母親がいう。

車を運転するときに眼鏡をかけるようになったんだ……七森がミラー越しに母親を見ていると、「ああ、夜だけね」と母親がいった。

「あんたは？　大学で本ばっかり読んでんのか」

「僕は、眼鏡まだいらない」

そうか、と母親が微笑む。四十なん歳かだ。母親も父親もアラフィフ。四十なん歳？　知らない。誕生日も知らない。僕の変化よりも、親の老いることの方が目に見えやすい。僕たちもうそんな歳だ。

七森はひとりっ子で、こんな田舎に帰ってきたくなくて、将来の親の介護とか憂鬱になる。どうすればいいんだろう、と漠然と途方に暮れて具体的なことからいまはまだ逃げていられる。

実家に着くと、仏壇がある部屋でゴンに手を合わせた。高校を卒業した三月、家を出るときこの部屋は半ば物置のようになっていた。もう使えなくなったモノが壁際に佇んでいたのだけれど、いまはない。ゴンが死んだから、この部屋はきれいになった。何歳くらいのときだろう、幼い、こっちを向いて笑っているゴンの写真に手を合わせる。僕だよ、と七森は思う。ありがとう。

おばけちゃんのことも見せてあげる。この場所に、雑多に掃除機や古い炊飯器がいてもいいのにな、と思う。ゴンが知っているものだ。次にいつ帰省するかわからないから、やがてまたそういうものたちが置かれるかもしれない、いまはなにもない壁際に向かって七森はおばけちゃんを見せる。

部屋が僕らのいまをおぼえて、未来でここにいるものたちに、この感じを伝えてくれる。僕、センチメンタルだな。祖父母に手を合わせる。線香の煙が白黒写真の先祖たちにのぼる。

僕はゴンのことを思い出す度に、死んだとき白城とつきあってたことをセットで思い出したりするのかな。
ゴンはもう、思い出みたいになってる。それくらい、ゴンが死んだということといっしょに生活してきた。でも白城はまだ思い出じゃない。僕とも麦戸ちゃんとも似てない、白城の生きづらさをもっと知りたいって、麦戸ちゃんの痛みを知ったから思える。あのとき、別れなかったらよかったのかも。別れたくないと僕がいってそれで関係がこじれても、それでも関係は続くのだから、僕はだんだんと白城の安心になっていけたかもしれない。
別れてたった一、二か月。これからも大学で会ったりする。そうだ、会ったりするのだから、関係が終わってなんかない。会おう。会おうと七森は思った。
あ、
これは、
いや、
え、
あれ？
……

僕、ストーカーっぽくない？

ぞっとした。

僕の心のこの微熱。僕の想い、一方的で、もし白城に迷惑じゃなかったとしてもあやうい。

別れた、という、ことばとしては明確なもの。それを基準にして、いこう。

ゴンにいってみる。

「恋人ができて、でも別れちゃったよ」

ゴンにいってみる。僕はおばけちゃんにもいってる、と思う。写真のなかのひとたちにもいってるのかもしれない。生きたかたちや生きているかたちのあるものが、人間同士のあいだに差し込まれるようにして、七森にことばや関係への自覚をもたらしてくれる。

もう一度手を合わせて、こんどはゴンたちのために無心であろうとした。

リビングにいくと母親が晩ごはんの準備をしていて、父親がテレビを見ていた。芸能人がこたえられないでいるクイズのこたえをひとりで連呼してる。母親に聞かせてるのかなと思う。ちょっとこわい。だれへのマウンティングなんだ、と七森は思ってしまう。

「染めたのか」父親が七森にいう。

染色と脱色のちがいもわからない。七森の髪とか、大学はどうだ、バイトはどうだという会話が続いて、父親は少しうれしそうで、けれど表情には出さない。七森も淡々とこたえる。ずっとこんな風に父と子のコミュニケーションをしてきた。もっと、手を振り合ったりハグしたりできたらいいのになと思うけど、この無骨さが固着してる。

僕が子どものときはどうだったのかな。息子が幼いときはお父さんもそれに合わせたゆるふわなことばを使うことができていたのかな。

母が家事をぜんぶして、父のご飯のおかわりをよそって缶ビールがなくなるとあたらしいのを持ってくる。日本の田舎の典型的？　みたいな光景に七森は苛立って、注意してやろうかな、と思う。でも、ふたりの生活を、矯正するようなことを僕がいっていいのだろうか。新聞とテレビしかない、ふたりともインターネットしないから、びっくりさせてしまうのかな。なにか前提があったらいいのだと思う。でもそれはなに？　僕のことばが前提になったら変わっていきやすい？　考え過ぎなのかもしれない。お母さんがぜんぶしなくていいんじゃないかな、って素朴にいったらいいのかもしれない。

男女平等でそれぞれできることを分担して暮らす、そんなあたりまえみたいなことへの想像が、ありえた世界を想像するみたいにうまくできない。思い描けなくて、母親がやってきた家事を帰省中は七森が多く担当した。ありがとう、ってお母さんがいってしまうということが、お父さんに響いたらいい。

「お母さんがぜんぶしなくていいよ」って、僕とお母さんとのあいだでのことばが、ふたりにも傷つきなくうつっていけばいい。

成人式の前の日、お父さんが料理を作って皿洗いをしてお母さんと僕に日本酒を注いだ。そんなの、子どもが成人することからくる非日常なんだってわかってたけど、うれしかった。

「お母さんの誕生日に何かふたりで送ろう」成人式会場に向かう車のなかで父からそういった。母は今日、デイサービスの仕事に出ている。

「なにがいいかな」と七森。「お母さんってなにが好き? 趣味はなに?」

僕ら家族、遅すぎたけど、これからお母さんをよろこばせていけるかもしれない。成人式が憂鬱だったから、なおさら希望のようにそう思った。

他の同級生は友だち同士で乗りあわせて会場に向かっている。でも七森の家は田舎のなかでも僻地にあったから、親に送ってもらうことの恥ずかしさがあった。中学のグループラインも高校のグループラインも、七森は通知を切ってひとつも発言してない。

孤独、みたいな不安が車を降りると一月の寒さとしてやってきた。スーツを着ているだけでからだが緊張する。入口の前で肩を叩かれた。

「つよぽん！」

「ヤナ！」

七森剛志はここではつよぽんだった。

「うおおおおお！」

「うおお、お……」

「ひさしぶりすぎる！」

親友、という思いがあったかどうかわからないけど、ふたりは中学でも高校でもつるんでいて、クラスメイトも先生もヤナのことはつよぽんに聞きつよぽんのことはヤナに聞いていた。でも、大学に進んでからは連絡を取ってなかった。

「てか金髪！　大学デビューしてる！」

それからヤナが確かめるように七森の大学の名前を聞いて、そこはかしこい方の大学だったから、少しためらいながら七森はうんという。

「サークルとかは？」

「えっと、」

ぬいぐるみサークル、とこたえると、いろいろ説明しなきゃいけないんだろうなと思う。大学に入ってからの七森を知っているひとがここにはいない。つよぽんのままだ。

「映画、を、観るサークル」

「ええー。なにそれいいなあー。京都やろ？　おれも京都でひとり暮らししたいなぁー。わ、エガちゃん！」

ヤナとふたりでエガちゃんのところにいく。金髪！　とエガちゃんも笑う。振袖を着た女子たちが再会に抱き合ったり自撮りしあっているのをヤナとエガちゃんが横目で気にしながら、こっちを向いて話しかけてほしい、みたいに高校のときやってた現国の先生のまねを大きな声でする。ははは、と笑おうとしなければ七森には笑えない。

カラオケにいった、漫画の貸し借りをしあった、授業中に電子辞書のカバーに隠してポケモンの対戦をした、映画を観にいった、家にいった、泊まった、登下校も休み時間も長く長く過ごした。きのうのようには無理だけど、一か月とか二か月前のようにはヤナたちと過ごした日々を思い出せる。それでももう離れた。

近況を聞かれて、同じ質問を返してこたえを肯定するのを何度か続けた。話すほどに距離の遠さがわかるような会話をする。相手も変わってしまった、その可能性を拵えて踏み入らないようにする。それでもひさしぶりであるよろこびがあって、そのなかによそよそしさが隠れているうちに、ヤナはまた別の友だちを見つけていってくれる。

僕はこんなにつめたい。ヤナにもう興味がない。興味なんて考えが浮かびようのない自然に僕らだったあのころではない。時間と距離、両方がたった二年離れただけ。そこを越えてまた関係を結ぶのは、むかしに戻るというわけではないのに。

いま暮らしている場所、いまの生活、いまの友だちが、そうではない友だちに過去を包ませてしまう。むかしの自分と距離を置くように距離を置く。

高校で仲良かった女子たちが手を振りながら近づいてきた。みんな大人っぽくなっていて、振袖姿ってきれいだなあって七森は思う。青川さんもいる。気恥ずかしそうに、話しかけてきてくれる。

「七森、大人っぽくなった？」

「え、そう？　スーツ着てるからじゃない？」

青川さんの目に映ってる僕は、むしろ子どもっぽくなったように自分で思う。

「振袖すっごい似合ってるね。きれい」

「ありがとう。七森は七森だね」

青川さん、僕はひととつきあったよ。

式は中学ごとで座った。ネットニュースで見るような不良がやじを飛ばす。壇上に座って、漫才をしにきたお笑い芸人を睨んでいる。ヤナは、壇上の端に立って漫才を手話してるひとを不良がまねし出したことに笑ってる。七森はひいてる。僕もヤナみたいであったんだ。

環境が変わったことを友だちがまじまじ見せてきて、さびしい。いつか麦戸ちゃんとも疎遠になるのかもしれない。一時的に、たまたま僕らは同じ大学にいるだけだ。卒業する。就職する。物理的に離れたら、他のことも離れてしまう。

もっと大人になって、もう引っ越すことのない安定した場所で麦戸ちゃんともヤナとも出会えたら、こんなにさびしくはない。出会えてよかった。学生なんていう途中で出会わなかったらよかった。出会えてよかったとうれしいのはこのさびしさ込みだからかもしれない。これが、人生……？　涙が出てきて、止まらなくて、新成人代表の同級生の話や写真撮影に感動してるひとにされてやたらとウケた。

式のあと、時間を置いて夜から中学の同窓会があった。いくのがあたりまえ、みたいに全員参加の空気になっていたから、七森は断れなかった。みんな平気で飲酒する。酔うことが生活と仕事のサイクルに組み込まれてしまっている父親や、ここにいる新成人の親きょうだいの飲酒の量を七森は想像した。この居酒屋も、きっと成人式の会場だってアルコールでぱんぱんになる。呑まないとやっていけないんだろうな、世の中……まじで、まじで、嫌い、と思いながらビールを飲む。

「つよぽんつよぽん」ヤナが別のテーブルから手招きしていた。

不良が多めの席で、中学のときはあいつらがイケてるグループだった。ヤナはどこのグループも半端に行き来できるしたたかさを持っていて、適度にパシリをこなしてかわいがられてた。

七森がそこにいってみると、「おおーつよし、ひさしぶり。金髪いいじゃん」って不良に褒められた。声が大きい、こわいと思う相手に、構ってもらえるとうれしい。そのことに嫌悪混じりになる。早く解放してくれないかな、と七森は思う。

中学生のとき、クラスのなかでいちばんだれがかわいい？　とこのひとたちに聞かれて、素朴に朝倉さんとこたえたら、七森は朝倉さんのことが好きなんだとなって、しばらくのあいだいじられた。それがここでまた再現される。

朝倉さんいま彼氏いないんだって。

おれゴム持ってるけど。

向かいの席のやつがいってくる。

はあ、と素っ気ない七森が相手を白けさせる。舌打ちされる。

もしかして僕、こうやっていじめられていた？　同意を求めるように友だちの方を見ると、ヤナは合コンにいって持ち帰った話をしてる。ヤナは声の大きいグループにいるとそこで親しまれる話をし、そこで用いられている呼び方を使う。ここではつよぽんではなくて、「つよし彼女できた？」とヤナは七森に聞いてきた。「つよしってまだ童貞？」

嫌なことをいってくるのはもっと嫌なやつであってくれ……。

でも僕も、やっぱり、簡単にこうなることがありえた。

「どっちでもいいだろ」

「え？　おまえゲイ？」ヤナがそういうと場が笑う。

「それこそ、どっちでもいいだろ」

「やっぱゲイなんやー」

ちがうって、と七森が笑いながら冗談みたいに否定することがきっと望まれている。

場が盛り上がるから。

七森はなにもいわない。黙ってトイレにいく。後ろからひそひそ声が聞こえてくる。トイレで二度見された。

金髪で、背が低いから女性だと間違えられた。

男が手を洗いながら、「きしょくわる」といった。

七森はえずいた。その男のことを見れない。自分らのテーブルに戻るのもこわい。あの男も不良たちもヤナも、同じようにこわい。僕ら、同じところで育ってきた。悪いのはあいつらそのものじゃなくて、あいつらを作った環境なんだってわかってる。でも、でも……。七森は廊下に立ち尽くして喧騒を聞いた。

喧騒はどんどん喧騒になれ。ことばに戻るな。意味になるな。煩わしい音のままでいろ。あいつらの、僕らのことばがどこまでも徹底的に個人的なものだったらよかった。嫌なことをいうやつから耳を塞いで、そいつの口を塞いでそれで終わりなら、まだこわさと向き合えた。でもそうじゃない。どんなことばも社会を纏ってしまってる。どんなことばも、社会から発せられたものだ。そう考えるとどうしようもなくなって、七森はしゃがみ込んでしまう。体調が悪くなってくる。麦戸ちゃんの家にいく前にもこんなことがあった。たまたま輪からずれることのできた僕は、これから、別の輪とのあいだで、こんなことを繰り返していく。

でも、僕は、と七森は念じるように思う。あいつらを憎んじゃだめだ。からだの不調に意識がいきわたって、ことばがうまく出てこない。このしんどさが憎しみをせき止めてくれているのだと、思いたい。

大丈夫ですか？

店員さんに声をかけられて、だいじょうぶですと七森はいう。

テーブルに戻って、水を飲むと吐きそうになって、手で口を押さえながらまたトイレに駆け込んだ。ヤナがタクシーを呼んでくれて、家に帰ることができた。

ごめん

夜中にヤナから送られてきて、なにをいい返したらいいかわからない。どうしたらいいんだろう。あのとき、居酒屋で、どうしていたらよかったんだろう。どうしたらいいんだろうと思うことから七森は抜け出せない。怒ることさえできない。怯えているから。

＊

七森は、ひとの多いところにいくのがつらくなった。実家から京都に戻ると、近くのコンビニ以外はどこにも出かけなかった。ひとのことをこわいと思うからだになった。悲惨な事件やＳＮＳでの誹謗中傷のコメントを執拗に見ては、自分がなにかされたみたいに心が潰れた。どんな被害もどんな加害も自分と無関係ではない、と思うのだった。

怒ったりいつかできたらいいな、と七森は思う。おかしいことにおかしいっていう、つらいっていえるようになりたい。いまはまだそれさえできなくて、そのためにまず、自分のことをなんとかしなきゃいけない。

しなきゃいけない、なんて思ってしまうこのことを。

冬休みが終わっても七森は大学にはいかなかった。何度か、麦戸ちゃんから連絡はきていた。心配されるのが嫌だった。ひとに迷惑をかけるから、だれとも繋がっていたくなかった。

　いろいろあって、しばらく学校にいけないんだ
　連絡もとれないかも

と七森は麦戸ちゃんに送った。

麦戸ちゃんはというと、さびしかった。「いろいろあって」という部分で、気遣われているのだと思った。距離を置かずに、なんでも話してほしかった。七森からのメ

ッセージを受け取った数日後、麦戸ちゃんはBOXへ向かった。期末テストを受けたあとのことだった。ぬいぐるみからの声は聞こえたり聞こえなかったりする。ぬいサーのみんなと会うのはひさしぶりで、麦戸ちゃんは少し緊張していたから、ドアを開けると明るくいってみた。

「こんにちは〜」

「わー、ひさしぶり〜」三年生の藤尾さんがいって、それまで眠っていた部長の光咲さんも起きて麦戸ちゃんに手を振った。

みんな、麦戸ちゃんになにがあったかは聞かなかった。やさしいから。それは無関心であることととても近い。

白城もその場にいて、麦戸ちゃんになにも聞かないぬいサーの空気を、破滅しあうようなやさしさなんじゃないかと感じた。ただ、そこにいるだけを肯定したり、しんどい状態でいることを肯定する空気。それは、でも、そこから抜け出さなくてもいいといってるみたいに見える。やさしさって痛々しい。あぶない。やさしさがこわいと白城は思う。

もし麦戸ちゃんにつらいことを思い出させてしまっても、なにか楽になれるきっかけが生まれたら……白城はそう思って、なにがあったのか麦戸ちゃんに聞いてみようとした。そしたら、麦戸ちゃんが先に口を開いた。

「ナナくんとぬいぐるみが話を聞いてくれて、ちょっと元気になりました」

みんなに心配をかけたくない、詳しいことは話したくないといっているような口調だった。だから白城は、別のことを聞いてみた。

「ぬいぐるみって、おばけちゃん？」

「おばけちゃんじゃなくてわたしのぬいぐるみ」いいながら麦戸ちゃんは、わたしのぬいぐるみ？　と思った。

わたしのだなんて、所有物みたいで嫌だな。名前を知りたいな、と麦戸ちゃんは思った。名前をいえば、わたしの、なんてことばを出さなくてすむ。

「そうだ、これ」と白城がいった。

白城の手のなかには白いふわふわなぬいぐるみがあって、麦戸ちゃんはそれをじっと見た。

「その子って、ゆいちゃんが作ったの？」麦戸ちゃんは白城に聞いた。

「うん。学祭のときにね」と白城。

おばけちゃんとよく似てるなあ、と麦戸ちゃんは思う。それを読み取ったかのように白城がいった。

「おばけちゃんとよく似てるでしょ。七森といっしょに作ったんだ」

「そうなんだ」

麦戸ちゃんはびっくり、うれしい、それから少し……わからない。この気持ちは、親心みたいなものかな、姉が弟に感じるようなものかな、とそのときは思って、いちばん大きなうれしいにゆだねて微笑んだ。

白城もまた、びっくりする。麦戸ちゃんのは、関係性のゲームのような、嫉妬や疑心がほの見える笑みではなかったから。うちらのこと、麦戸ちゃんは知ってるのかな。七森に告白されたとき、困ったよ。わたしじゃなくてもいいみたいでさびしかった。でもうれしかったよ。

麦戸ちゃんみたいになりたい、七森みたいになりたい、と白城は思う。ふたりって性別がわかりにくい子どもみたいだ。いつまでふたりはふたりでいられるんだろう。歳を取る。環境が変わる。ぬいサーみたいな場所に、身を置けないことの方が多いのに。

麦戸ちゃんと七森が、やさしいからひとより多く傷ついてしまう。白城はわたわたに視線を落とした。

「麦戸ちゃん、この子いる?」白城はいってみて、途端に後悔した。

「え、ぬいぐるみのことモノみたいにいわないでほしい」そう、はっきりいわれたことに白城はほっとした。

麦戸ちゃんは、これはわたし自身にいっていることだと自分を戒めて、白城が麦戸ちゃんに七森とペアである魔法のような安心を強めてあげたいと思ってそういったことなんて、ぜんぜん気づかなかった。

麦戸ちゃんの隣には、鱈山さんがいた。鱈山さんはひとつもしゃべらず、なにかを我慢しているみたいに微笑んでいた。麦戸ちゃんは、鱈山さんが銃乱射事件のことを話していたと七森から聞いたのを思い出した。

今日も、銃乱射事件が起きていた。それも複数で、何時間かSNSのトレンドに残っていた。そのうちのひとつは、犯人の男が実行の様子をライブ配信していた。その動画は、犯人がからだに取り付けたカメラによる一人称視点で、ゲームの画面を見てるみたいだった。簡単にひとが殺されていた。犯人は実行前に声明を出していて、そこには、自分たち白人男性は不当に差別されている、と書いてあった。女性やマイノリティ、移民の権利が拡大されたことによって、自分たちは当然の権利を失いはじめている、自分たちを守るためにあいつらの数を減らすしかない、ということが。

麦戸ちゃんは、心が潰れないよう、その動画を見なかった。鱈山さんは見たのかな、と麦戸ちゃんは思った。鱈山さんになにか話しかけようとしたけど、なにをいうのがいいのか、わからなかった。

ナナくんも、あの動画を見たのかな、と麦戸ちゃんは思う。

学校にいけないというラインに、無理しないでね、と返してから、麦戸ちゃんは七森と連絡を取っていなかった。七森のことを、待っていたかった。なにもいわないでいることに、信頼があるような気がしていた。

隣の部室から、なにかが破裂する音が聞こえてきた。きっと風船だ、と麦戸ちゃんは思った。そう思うことができた。別の場所だったら、別の音と間違えていたかもしれない。麦戸ちゃんは、風船が割れる音を発砲の音と聞き間違える自分を想像する。待っている時間、あるのかな。麦戸ちゃんはアイフォンを取り出した。

大丈夫？

七森にラインした。

すぐに既読がついた。けれど、返信がきたのは五時間後だった。

だいじょうぶ

七森からのメッセージはそれだけだった。麦戸ちゃんは不安になった。こんな短い返事をするのに何時間もかかるくらい、ナナくんは大丈夫じゃないのかもしれない。

いま家？　と送りながら麦戸ちゃんは七森の下宿に向かった。いまからいくね！

既読はまたすぐについたけれど、返事はない。

七森としては、どう返事をしたらいいのかわからなかった。いま、確かに家にいる。このままだと麦戸ちゃんが家にくる。会いたくないわけじゃない。でも……。

とりあえず七森は顔を洗って、部屋のなかを軽く掃除した。なにを話そう。心配してきてくれる麦戸ちゃんに、なにを話したら安心してもらえるだろう。

廊下をだれかが走る音が聞こえてきた。麦戸ちゃんかもしれないと七森は思って、玄関のドアを開けた。そしたらそこに、汗だくの麦戸ちゃんがいた。

麦戸ちゃんは「わ」といった。「金髪だ」

「あ、そっか」と七森。「この髪になってから会うのはじめてだっけ」七森の金髪はプリンになっていて、顔には少し髭が伸びていた。

「どうしてるの？　さいきん」部屋に上がると麦戸ちゃんはいった。「心配してたんだ」

「さいきんは、いろいろあって」と七森はいって、それ以上、麦戸ちゃんにいうつもりはなかった。自分の身に起きたことを話したら、麦戸ちゃんもしんどくなってしまうかもしれない。いろいろあってといっておけば、麦戸ちゃんは察してくれるはず。

そう思いながら七森は、麦戸ちゃんの目が潤んでいくのを見た。

「ちがう」七森はいった。「ごめん」と七森はいっていた。

「え?」と麦戸ちゃん。

「麦戸ちゃんを悲しませたくなかった。僕、自分のつらいこと、ほんとのこと話したら、麦戸ちゃんも傷つけてしまうんじゃないかって思っちゃって。それで……」

七森は喉が痛くなった。麦戸ちゃんのやさしさと、僕が麦戸ちゃんと距離を置くことで作ろうとしたものはちがう。僕がしようとした気遣いは、やさしさだったのかな。七森は、こわいけど、自分の話をすることにした。

ゆっくり、七森はことばを選びながら、ヤナたちをことばで敵にしてしまわないようにして、成人式のこと、同窓会のことを話した。母親と父親のことを話した。冬に麦戸ちゃんの家にいく前のつらかったことをいった。いままで感じていた、男であることの疚しさ、罪悪感のことを話した。

「僕は男だから、それだけでひとをこわがらせちゃうかもしれないし。加害者側にいることが、すごく嫌で……」

「ナナくんはなんにもしてないじゃん。ナナくんは、こわくないのに」

「それはもう、僕と麦戸ちゃんが友だちでいるから。同じ輪のなかに入ってるから」

「ナナくんはそう思ってても、わたしはいうよ。ナナくんは悪くないよ。きみは悪くないよ、っていうよ。あの日、レジュメとかノートを持ってきてくれた日、わたしはわたしの話ばっかりして、ナナくんの話をぜんぜん聞かなかったよね。だからいま、話してくれてうれしいよ。わたし、ナナくんなんにも話してくれないんじゃないかなって、ここにくるまでちょっと思ってたんだ。心配させてよって怒ろうかなって思ってた。だから、心配させてくれて、ありがとう」

きみは悪くないよ。

そういわれたことで、心がぼろぼろになった。

七森は、麦戸ちゃんに自分を預けるようにいった。

「つらかった。つらいんだ……」

つらいって、いままで繰り返し、思ってきただけで、七森からひとにいったことはなかった。ひとにいうところを想像すると、からだが崩れるようにこわかった。

でもいま僕はいえた。

目の前には麦戸ちゃんがいる。

麦戸ちゃんにいうことができてうれしい。弱さとともに、麦戸ちゃんへの好きの気持ちが溢れそうで、ことばはもう駆け出していた。

「僕、麦戸ちゃんといると……僕、なんだろう、僕がすてきな僕であるみたい。すてきさが200％300％に、僕らでいるとなることができるんだ」

麦戸ちゃんを抱きしめたいと思った。

「麦戸ちゃんのことが大好き。恋愛になったりしなくて別にいいから、どっちかがだれかとつきあったり結婚したりしても、僕は、麦戸ちゃんといたい。僕は麦戸ちゃんと、パートナーみたいでありたい……です」

「うん」

うん、と麦戸ちゃんはもう一度いった。

「わたしもナナくんのこと大好き」

それを聞いて、七森はどうしようもなく安心して、しばらく泣くしかできなかった。

麦戸ちゃんも泣いて、同時に微笑みながら、「つらい」といった。電車に乗るのはまだこわい。ぬいぐるみの声も聞こえる。大丈夫じゃない。ふたりで大丈夫じゃないから、大丈夫じゃないけど大丈夫って、ふたりで思うことができた。

落ち着くと七森は、白城とつきあってたことを麦戸ちゃんにいった。

「ええー！」と麦戸ちゃん。「わたしじゃないんだ！」

「あ、うん……。そう、そうなんだ、それを、麦戸ちゃんじゃないんだって、告白したときからずっと白城に思わせてしまったのかも。とりあえず彼女がほしい、とかあのときの僕、思っちゃってて、それ、たぶん白城にばれればれで、困らせてしまったのかも」

「うーーん。別れたのはなんでかって、聞いていい？」

「お互い、恋愛対象って感じじゃなかったからだと思う。本人がちゃんとそういってくれた、と思う」

「じゃあいまもまだふたりは友だち？」

「だと、思う。ちょっと喧嘩みたいに最後なったけど。でも別れたんだし、ＢＯＸとかで会うの気まずいのかも。会わない方がいいのかも」

「考えすぎじゃない？　わかんないけど、なるようになるんじゃない？　友だちだったら。どっちも別に嫌いじゃないんだったら、どうにもならなくてもいいんじゃない？」

「そうなのかな」

「そうだよ」

「わからないけど、わかったかも」

白城とたまたま会うんだったら会ったらいいかな、と七森は思った。はじめて告白したり、はじめて彼女ができたり、はじめて別れたり、そういうのが思い出に残るイベントみたいに、自分で気づかないうちに熱いものになってたのかもしれない。あんまりこだわらないようにしよう。こだわったらいつでもそこに戻ることができてしまう。

＊

春になった。ぬいサーのＢＯＸにくるひとたちからは六人が卒業した。鱒山さんはまだ学生でいるみたいで、七森と麦戸ちゃんと白城は三年生になった。

七森にはつらいっていえる相手ができた。しかもそれが麦戸ちゃんだなんて、七森はうれしすぎる。麦戸ちゃんがいない日は家でおばけちゃんに話を聞いてもらうようになった。まだ、ひとが大勢いるというだけで、こわいことをいうひとがいるかもしれないと思ってしまうけど、講義には出るようになった。いこうかどうか悩んでＢＯＸにいくと、七森がくるのを待っていたように白城がいた。

「あ、ひさしぶり」

「うん。髪、いいじゃん」

「ありがと。さいきんどう？」

「ぼちぼち。そっちは」

「僕も。わたわたは」

「今日は家。おばけちゃんは？」

なかなか落ちてこない雨のような会話をした。

それでも会う回数が増すと会話のテンポも上がった。白城と話していると別れ話を思い出して七森は喉がつっかえそうになる。安心のために大きいものに従ってしまうことを七森は否定できたりしない。僕や麦戸ちゃんと話すことで白城が変わっていったら、と思う。そんな考え、傲慢すぎるけど。

下級生たちが七森たちの話を聞いている。「男」とか「女」とかの、ノリを拒否するような話が耳に入ってくるのは、ノリに乗るような話を聞くのと同じくらいしんどいかもしれない。

「あ、そうだ。わたし、もういっこのサークルやめたよ。これからいっぱいぬいサーにくる」

「ほんと？　うれしいな。でもなんで？」

「なんでかは秘密」

白城は笑った。

ノックの音がして、七森がＢＯＸのドアを開けると男の子が立っていた。はじめて見るひとだ。

「新入生ですか？」七森は聞いた。

「はい、あの……」

「見学？」

「はい」

「ぬいぐるみ、好き？」

「えっと、自分は……」

そこから彼はなにもこたえない。ひとと話すのが苦手なのかもと七森は思って、長いこと待った。

とつぜん彼はうつむいて、しゃがみ込んだ。

「えっと、お腹痛い？　だいじょうぶ？」と七森。「ちょっと横になる？　病院いく？」

そう聞きながらも、返事がかえってくるまではなにもできそうになかった。少しして、「大丈夫です」と彼がいった。

「おれは、大丈夫なんで」

なにかにまいってしまってるんだ、と七森は思った。自分と彼を重ねた。こういうときの「大丈夫」って、「大丈夫」じゃないと思うから、七森はいった。

「つらいことがあったなら、話を聞くよ。話を聞かせて？　僕もきみに話すから。ひとに話すのがまだしんどいなら、ぬいぐるみが話を聞いてくれる。みんな、やさしいんだよ」

やさしすぎるんだよ、と白城は思う。傷ついていく七森と麦戸ちゃんたちを、やさしさから自由にしたい白城は、ぬいぐるみとしゃべらない。

たのしいことに水と気づく

黄末子（きみこ）さんから宅配便が送られてきた。重たいダンボール箱で、配達票には「ハイパーオーガニゼーション水」と書いてある。ペットボトルが十本と手紙が入っていた。

元気にしてますか？　この間はいっしょに式の段取りをみれて、なんだかジーンときました。ペットボトルのお水さん、毎日話しかけてあげてくださいね。ケガレが少ない空腹時がいいです。なるべく楽しいお話をしてあげてください。原子のひと粒ひと粒がよろこぶとイオンが熟成されてガンになりにくくなるんですって。心も情熱的になる奇跡のお水さん、人気でひと箱しか買えなかったので、初岡ちゃんに送ります。大事な体ですからね。それと、もし、妹さんが帰ってきたら飲ませてあげてください。妹さんが帰ってくるよう、お水さんとお祈りしてあげてくださいね。ではまた近いうちに。

手紙の写真を撮って、箱崎（はこざき）に送った。騙されてる……と思ったが、それは書かないでおいた。義理の親になる相手のことをなにかいって、煩（わずら）わしいものを抱え込みたくはなかった。

特別な水だとか療法だとかのことは、私の妹もたくさん書いていた。妹はいなくなる前、フェイクニュースを書くバイトをしていた。

水をコップにうつして、においを嗅いでから飲んでみた。ふつうのミネラルウォーターのように思える。楽しい話……楽しい話ってなにか最近あっただろうかと考えて、「動物園のキリンがきのう誕生日だったんだって」と水にいった。「天気がよかったよ」「夕陽がきれい」「気温がちょうどいいね」「神社のとこでやってた手作り市でいい感じのティーポットを買ったよ」「喫茶店で梨のケーキをたべたら、おいしかった」

話し出してみると、楽しいことはどんどん出てきた。生活の些細なことが、私には楽しいことなんだと気づいた。しゃべるのは止まらなくて、「大事な体っていうのはどういう意味なんかな。そういう意味なんかな。なんか、むかつく」とまで私はいっていた。仲のいいひとでも悪いひとでもない、ひとでも、生きものでさえない、傷つきようのない、モノが相手だと、しゃべりたいことがしゃべれた。

恋人のこと、他のひとと比べて好きなだけかもしれない。他のひとと比べてこわくないから。やさしいから。私を傷つけないから。ずっとそう感じながら箱崎とつきあってきた。それって箱崎に失礼なことかもしれない、箱崎も私と同じような気持ちでいるのかもしれないと思いながら。

「結婚しよう」と箱崎にいわれたのはふたりでハリネズミカフェにいるときだった。一時間二五〇〇円もする。ハリネズミたちは硝子(ガラス)のケージに入れられていて、好きな子を選ぶと店員さんが小さいカゴに移してくれた。琥珀(こはく)ちゃんという名前のハリネズミで、私と箱崎はその子の写真や動画を撮り、オプションで注文した死んでいる虫をたべさせた。私が結婚とかそんなに大事じゃないと思ってることを箱崎も理解しているから、かわいいもので気持ちがほぐれていて、しあわせなときに合わせて箱崎がいったんだと、想像できてしまった。

うん、と私はいっていた。

オッケーだけどちょっと考えさせて、みたいなことを本当はいいたかった。でもそれをいうと箱崎が傷つくから、いわなかった。一瞬のことを優先して将来を決めた。

プロポーズされる前の方が気分がよかった自分のことが嫌だった。うれしいのと同じくらい、めんどくささがやってきた。式の打ち合わせ、苗字をどうするか、親戚づきあい、子どもは作らないのかと知ってるひとや見ず知らずのひとにずけずけ聞かれたりする、未来に起こるめんどくさいことを想像して、疲れた。

箱崎がトイレにいってるあいだに、「結婚　憂鬱」「結婚　めんどくさい」「結婚　親戚　めんどくさい」などで検索をした。私と同じような結婚へのだるさと恋人への罪悪感を抱えているひとはたくさんいた。ありふれたことだった。そのせいで余計に疲れた。箱崎のことは好きなんだから、もっと素直によろこべたらよかった。めでたいことだ。もし自分の友だちが結婚することになったら、私はけっこうよろこぶだろう。そのときのうれしい気持ちを想像して、ハリネズミカフェからの帰り、「うれしいな～」と箱崎にいった。もう引き返せないみたいに。めんどくさいのなかに紛れてしまったしあわせに集中できるように。

「ほんまに？　わー。それ聞けてうれしい」と箱崎はいった。「不安だったんだ」箱崎の目から涙が出てきた。

「私、最低だよね」そのときのことを思い出しながら、水にいった。水以外にはきっといえなかった。気を遣って私は人前で自虐できなかった。自分を責めて、自分を把握した気になるのは心地よかった。

箱崎はその日のうちにプロポーズと私の了承を親に伝えた。つきあって六年のあいだに、箱崎の親とは何度も会ったことがある。

「いいお天気やし京都まで出てきたんやけど、急に寝転びたくなっちゃって。わたし、背骨が曲がってるもんだから。わたし黄未子っていうねん。あんたは？　へえー、初岡（はつおか）ちゃん。わたしのことはキミちゃんってよんでくれてええからな」

　はじめて会ったときそういわれた。箱崎がひとり暮らししているマンションでだった。そのとき箱崎は仕事にいっていて、黄未子さんが玄関のドアを開く音で目覚めた私はほとんど裸だった。そのことを伝えると箱崎は、「おかん異様にフレンドリーやからなあ」といった。

　箱崎のいう通りだった。半年に一度は「こんどそっちの方いくんやけどよかったら初岡ちゃんお茶いかへん？」と連絡がきた。箱崎と三人でかなと最初は思ったが、いつも私と彼女のふたりだった。

　きっと私はちょうどいい他人だった。家でもパート先でもご近所でもいえない、自分の生活や生活圏ぜんぶに対しての愚痴を黄未子さんはいつも私に一方的にまくしたてた。それは別によかった。奢（おご）ってくれるケーキや紅茶はおいしかった。機械的に相づちを打っているだけでだれかのストレス発散の役に立てていることはうれしくもあった。

　フェイスブックや他のＳＮＳでの私のすべての投稿にいいねしてくるのはかなりス

トレスだが、黄末子さんが私の生活や箱崎との関係についてなにか口を出してくることはなかった。

でもそれも、私が箱崎のただの恋人で、他人だったからだ。結婚の報告を受けた黄末子さんは「初岡ちゃんももう三〇やろ？　バイトなんかやめてユウリといっしょに住めばいいやない」とメッセージを送ってきた。

イラっとしたが、まあ、わかる。結婚するんだ親戚が増えるんだと私が気にしたように、家族が増えるんだ、と黄末子さんも箱崎と私のことが心配になったのだと思う。なんで結婚するからバイトをやめないといけないんだろうと思ったけど、黄末子さんなりの善意みたいなものを否定する気力はなかった。

きっと、これからもこういうことが頻繁に起きる。あたらしく「家族」になった私はなにかを期待される。それは箱崎もだ。結婚のこと、私は親にしばらく黙っていた。

結婚してもバイトをやめるのも箱崎と住むのも無理です。妹がいなくなってまだ二年です。妹のこと、待っていたいので。ここの家賃を払い続けていたいので。そう、黄末子さんに返信をしようか悩んだ。結局なにも書かず、焦り顔の猫のスタンプを送った。

私と箱崎は大学時代、同じサークルに入っていたらしい。らしい、というのは、サークルではまだ出会わなかったからだ。

そこは映画を観るサークルだった。部室はなく、映画を観るにはレンタルしてだれかの家で観るか映画館にいくしかなかった。私は、友だちを増やしたい、趣味の合うひとと繋がりたい、みんなが思うようなことを思ってそのサークルに入った。

でも、入会のメールを送って二〇日後に潰れた。私のふた学年上の、サークル発足の中心メンバーが病気に罹っていることがわかったらしく、今年度に徴収した会費をすべて部員には無断で手術代にあてたらしい。夜中に届いたメーリスには部長からその説明と長い謝罪文があった。明日がそのひとの手術らしく、不安とみなさんへの申し訳なさから泣きながらいまこのメールを書いています、勝手にお金を使うなんてことをしてしまった以上、責任を取ってサークルは解散します、と書いてあった。

へえー、たいへんだな、と思った。それだけだった。病気になったひとの顔も知らない。部長にも会ったことがない。サークルの活動も私はまだ参加したことがなかった。会費の三千円はすでに払っていたが、三千円に過ぎなかった。

私の知る限り、会費のこともサークルの解散のことも騒ぎにはならなかった。一二年前の当時は、いまあるようなSNSはまだなく、私はミクシィのグループにも入っていなかったから、怒っている声は聞こえてこなかった。そのことを思い出すとほっとする。

箱崎と出会ったのは大学を卒業して一年ほど経ったころ、あるカレー屋さんでだった。そのお店は毎週土曜日の夜は店舗の二階で映画の上映会をしていた。家にチラシが入っていて、ひとと出会いたいかも、と思って、妹を誘ってお店にいき、部屋の壁に投影された映画を十人ほどのお客さんと観た。

「きもくて金のない」男のひとが「美人でやさしい」女のひとと恋をするという邦画だった。最終的には自分らしく生きることが大事というかたちに収まって、途中では男のひとも女のひとも自分のコンプレックスや怒りを海に向かって叫んでいた。

「世の中にはいえなくても、海に向かってならいえるよね」

上映が終わると、常連らしきお客さんが映画の感想を言い出した。私もいわないといけないのかな、と緊張していると、はじめて上映会に参加したお客さんが、「映画は好きで、学生のとき映画サークルに入ってて……」といい、あのサークルの名前を出した。

それが箱崎で、「えっ、おんなじ！」と私はいっていた。

「ええ？」と箱崎がいって、なぜか私は脚を正座に組み替えてから、サークル入ってました、ともう一度いった。潰れたやつ。

「ええー！　こんなとこで偶然出会えるなんて奇跡やん」と箱崎はいった。私の隣に座っていた妹は、箱崎の芸人みたいなノリに「あはは」と笑っていた。ええー名前は？　何年生まれ？　どこ住み？　箱崎はどんどん質問してきて、他のひとたちが映画の話をするなか、私と箱崎と、おもしろがっている妹だけが世間話をしていた。

箱崎は私のふたつ上で広告の会社で働いていて、私は大学を卒業しても就職せずアルバイトをしていた。やりたいこととかよくわからなくて、会社員になろうとは思えなかった。やりたいことがよくわからない同級生や友だちはたくさんいたし、大学三年から四年に上がる時期に震災が起きて就活ができなくなったり、就活をしてていいのかと悩んだ友だちもいたが、ほとんどのひとが就活をして会社員になった。

「なんでだと思う？」

私と五つちがいで、当時まだ高校生だった妹に聞くと、「仕方ないじゃん。就活して働かないと。こんな世の中なんだからなおさらじゃん」と、ちょっと怒りながら私にいってくる妹に、えらいな、と私は思っていた。

「〜〜〜っ！　奇跡っ！」身悶えしながら箱崎は何度もいった。「こんなとこで出会ったの奇跡みたいやん」

大げさだなと思ったが、笑っておいた。結婚式の前の日にふたりで鴨川沿いを散歩しているときに打ち明けられたのだが、サークル発足の中心メンバーで、病気になり、会費で手術したのが箱崎だった。

なにそのうそ、と私が笑ったら、箱崎も笑って、「うそうそ」といっていたから、本当のことなんだろうと思った。「いまはもう大丈夫なんだよね」と聞くと、「おうよ！」と箱崎はいった。明るい言い方は無理してるように聞こえ、嫌な予感がして、私は泣いてしまった。おろおろした箱崎が私を家に連れていって、クローゼットのなかをひっくり返して手術後の経過が記された診断書と、最新の人間ドックの結果を見せてくれた。腫瘍はもうないこと、健康ですが油物ばかりたべてはいませんか？　ということが書かれていて、私は安心でまた泣いた。

箱崎と私は連絡先を交換して会うようになった。ときどきは妹も交えて三人で。

会社員をしている箱崎と、バイトで暮らしている私とでは金銭や生活への感覚がちがうのだった。センスのあるところを見せようと思ったのか、箱崎が選ぶ店はいつも値段が少し高くて、「安い店がいいんだけど」といえるほど仲良くなるまでは、私は回を重ねるごとに疲れていった。

私は京都市内のホテルでバイトしていた。当時はそこまで観光客が多いというわけでもなく、暇だった。SNSを何度も更新して、だれかを誹謗中傷しているひとを見つけてはブロックするのを繰り返して時間を潰していた。

夜勤のワンオペ中、妹がくることがあった。宿泊客でもないのに本当はいけないのだけれど、私も退屈だったし、妹を裏口からなかに入れて、監視カメラには映らない位置にあるフロントのソファに座らせた。妹は夜あまり眠れないのだった。昼間、大学に講義を受けにいっても寝てばかりいるらしい。

「気の合うひととただ同じ空間にいたいときってない?」妹はそういった。「別に話したりしなくていい。むしろ、お互いひとりでいるような感じでだれかといたいときってない?」

私は頷いた。面と向かって妹に気の合うひとだといってもらうのはうれしかった。私がバイトしているあいだ、妹はノートパソコンを開いて自分の作業をしていた。

妹は文章を書くバイトをしていた。いろいろな商品のサクラのレビューを書いたり、インチキ医療の記事や、気候変動や国際紛争についてのニセの情報なんかを書き、ときどき翻訳もして、それらを煽ったり拡散させたりしてお金をもらっていた。

「特定のだれかを誹謗中傷したりしているわけじゃないんだからさ」妹は、私がその仕事に対してなにも口を出していないのにそういってきた。妹なりに罪悪感を抱いていた。

作業ペース的に月に得ることのできるお金は限られていたが、溜まっていく罪悪感に上限はなかった。妹は虚弱気味で、できる仕事は少なく、体と相談しながらできる仕事を選ぶしかなかった。体調が悪い日には気持ちも沈んでいて、いくらでも罪悪感で自分を苦しめることができた。

「しんどいんだったら別の書き仕事でもしたらいいじゃん」私はいった。

「やめてもどうせ他のひとがするんだから、それだったらまだ自分が書いていた方がいい、苦しんでいた方がいい、下品な記事だけど少しでも誠実な文章を目指したい」

誠実な文章で嘘の記事を書いたらより多くのひとが騙されて余計にどうしようもないのでは……。私はそう思っただけで、それ以上、口を挟まなかった。それは妹なりの正義感だろうから、そうしたいんならすればいい、と生半可に気持ちを尊重していた。

なにか、いっておけばよかったな。でもなにを？

妹がいなくなったことを箱崎に告げたとき、箱崎も相当ショックを受けていた。何日か会社を休むほどだった。そんな箱崎を見ていると、私は、箱崎のことが心配になって、自分のしんどさが薄まっていくのを感じた。私は私と似たような存在を求めているのかも……なにか発見をしたようで、変に気力があった。でもそれも、長くは続かなかった。妹は私の妹で、やっぱり箱崎にとっては他人だった。箱崎は妹のことを心配していても、私のように不意に涙が出てくることはなくて、会社にも普段通りいくようになった。それは、いいことだった。箱崎が元気になってうれしい。

木屋町の安いバーにいるとき、「つきあってるひとおるん?」と箱崎に聞かれた。私がなにかいう前に、箱崎が「あ、ごめん」といった。私は露骨に顔をしかめていた。

出会いがほしいとは思っていたし、だれかとつきあったりできたらいいなと思っていたのに、そういう話題が私は苦手だった。

大きいものへの反動のようなものだった。私の「恋愛」へのノレなさは、「恋愛」にノルのと同様に社会的なものに過ぎなくて、さびしかった。

みんな人間で、なにをいうのが、なにを聞くのが失礼になるかわからない。「恋愛」とか「男女」とか、主語が大きい話は、大きい分だけ、ひとを疎外したり、傷つけたりしかねなかった。私自身がそういった話題で傷つくというよりも、傷つくひとがいるだろう、ということが私には大事だった。私の心には私に想像することのできるものたちが私以上に幽霊みたいに住んでいて、私をかたちづくっていた。

でも繋がっているという時間は過ごしたかったから、私は観た映画やドラマや小説の話ばかりした。水や妹に話すようには、ひとの話さえあまりしなかった。作品の話をしていると、相手のなかに踏み込まないでいれた。踏み込まれないでいられた。箱崎は私に合わせてくれた。やさしいひとだな、と思った。

それから恋愛の話とかは全然出なかったが、冬、急に告白された。

ふたりで映画を観て、そのあとは箱崎の提案で、市内で毎年やっているイルミネーションのイベントを見にいくことにしたのだった。駅から西にしばらく歩くとあるはずだったが、なにも光っていなかった。不安そうな顔で箱崎が調べると、主催している企業のホームページに、今年は経済的な理由で中止しますと書いてあった。

「まじか〜」と箱崎はいいながら、前の年や次の年にはまぶしく光っているヤマモモの木のそばでしゃがみ込んだ。「キラキラしたもん好きやろ？　見せたかったのになあ」

「いいじゃん。あるこうよ」と私はいって、その先にあるメタセコイアの並木道をふたりで歩いた。イルミネーションがあるだろうと間違えてやってきた車がたくさん通り過ぎるのがうるさくて、私たちはきれぎれにしか話をしなかった。「寒いね！」「ほんまな！」車に負けないようにいうのは楽しかった。ライトが箱崎の体にあたって、髪の毛をかがやかせていた。

「つきあってほしい」と箱崎にいわれたのは、並木道を往復してヤマモモの木のそばに帰ってきたときだった。

へえー、と思った。私のこと箱崎は恋愛対象として好きだったんだ……じゃあ私は箱崎になにかを我慢させてしまっていたのかもしれない。だって私に好きなひとがいるのか、つきあってるひとがいるのかさえ知らないで箱崎は告白してくれた。写真をSNSに上げて周りにこのふたりはつきあってるんだと思わせたり、セックスをしたり、そういう、つきあってる空気や既成事実的なものを作るのじゃなくて、箱崎は告白してきた。当時、二六歳にもなって告白するのって、かなりエネルギーのいることだろう。

私は箱崎に恋愛感情を抱いてはいなかったが、私のことを好きでいてくれるのがうれしかった。私は、ひとのことを特別に好きな気持ちとかはたぶんよくわかっていなくて、私のことを好きなひとのことが好きだった。それまでも、ひととはそういう感じでつきあってきた。ひとの好意にこたえたかった。

「うれしい」と私はいった。「ありがとう」

「ほんまに？　うわーーー」

箱崎はうれしくて泣いていた。結婚するまで六年も、私が「恋愛」にノルのが苦手なのを知ってて箱崎は私とつきあってくれた。恋愛観のようなものが合わなくてさびしい思いをさせてしまっていたのかもしれない。

三人で会ったときに妹に報告すると、「どえー！」といってよろこんでいた。

「そうだったんだあ」私と箱崎を見てひとしきりにやにやしたあと、「あ、じゃああれはどうする？」といった。

「するけど？」と私。

「そうなんだ」

「え、なんで？」

「いや、なんとなく」

「前から決めてたんやったらしたら？」と箱崎も賛成した。

妹と私はシェアハウスをする計画を立てていた。

妹は収入が下がったし、私も家賃に払うお金は少ない方がよかった。

妹がいっていた「お互いひとりでいるような感じでだれかといたいとき」というの

は私にもあった。つらいとき、どうつらいのか話すことはできなくても、こわくないだれかがいてくれるだけで安心する。そのころ――いまもかもしれないけど――私はＳＮＳ中毒のようになっていて、ＳＮＳのトレンドに並んでいる悲惨な事件やそれへのひとびとの反応を見ずにはいられなかった。自分の身に起きたわけではない世界中の大きな事件と繋がっていた。繋がろうと自分で思うよりも先に指と目が動いて、心を痛めてしまう。自分の身に起きたことのように感じて体調が悪くなる。ＳＮＳを見ているだけなのに、そういう想像力に私はなっていった。

ふたりで住んでいたのは北野天満宮近くの町家だった。内覧のときに、いくつか物件を見て、最初にいったそこにしたいとふたりともが思ったけど、内覧をする機会なんて少ないから朝から晩まで不動産屋のひとに案内してもらった。最後に見た家はマンションの一五階で、九条の方にあって京都タワーが近かった。空は熊手で引っ掻いたように雲が流れていて、その隙間から鍵盤のようなかたちで西日があたる街はかがやいていた。案内をしてくれた不動産屋さんはやる気がなさそうにへらへらしてて、それで私たちは罪悪感なくすっきりと物件を楽しんでいた。ベランダに出て、京都タワーが入る位置で妹と自撮りした。満足するとそのままお店に戻って、町家を契約したのだった。

その家で四年間、妹といっしょに暮らした。町家にエアコンを入れるには不動産屋で計算してもらったよりも多くのお金がかかることがわかった。それでまあ扇風機とヒーターでいっか、ということになって、最初の冬と夏は大変だった。妹はカレー屋さんの上映会にまたいくようになり、そこで出会った美大生といい感じになった。妹がだれかとつきあったり、別れたりする度に私は壁にペンキで妹の好きなポケモンを描いた。

「人生経験が積まれるほど壁のゼニガメも増えるからがんばってね！」自分でもなにをいってるのかよくわからなかったが、妹はよろこんでくれた。

秋になりたての、金木犀のにおいが家のなかにまで入ってくる日、妹はいなくなった。

「大丈夫です」テーブルの上に、そう書かれた紙が置いてあった。

部屋には脱ぎっぱなしの服が散らばって、きのうと変わらないまま、実家に電話をかけても妹は帰ってきていなくて、妹の姿だけが何日もなかった。どこか、スマホの電源を落としたまま旅行にでもいってるのかな、そう楽観的に思いながら、不安だった。

それから二年になる。私はそのまま、ひとりでは広い家に暮らしている。私は箱崎なかった。

と結婚しても、ここで妹を待っていたい。別の場所に住んで、妹がいなくなったということと、折り合いをつけたりしたくなかった。妹が帰ってこないことから逃げたくなかった。

琥珀ちゃんの写真を妹とのラインに送った。

きょう箱崎とハリネズミカフェいってきたんだ、と書いた。

プロポーズされたことも書いた。インパクトのある内容なら妹からの返信があるかもしれない。しばらく画面を見たままでいたが、既読さえつかない。式の打ち合わせをしたよ。変な水が送られてきたよ。いなくなってから毎日ラインをしてるのに。きっともうラインをやっていないか、スマホを変えるかしたのだろう。それか見れない状態にいるか。

私が書いたものを妹が見ることは今後もないかもしれない。でも、あるかもしれないと思いたいから書く。

妹のこと、警察も見つけられなかった。

なにか心あたりはないですか？　と聞かれた。

フェイクニュースを作って、それがじわじわと確実に、「男」とか「女」とか「日本人」とか「外国人」とか、ひとをなにかにあてはめるためにある言葉を強めて分断のきっかけを生んでいる、でも自分がやらないともっと悪いことになる……妹がそう思い込んでいたこと、ストレスを抱えていたこと……。

そういうこと、いおうかどうか、一瞬、迷った。

私たちの親は、実家に帰ってきたら？　と私にいった。そうしてほしそうだった。「ここに住んで、ひなたのこと待ち続けてたい」私がそういうと、親はさびしそうな顔で、わかった、といい、今後の家賃を払ってくれようとした。私はそれを断った。自分で家賃をすべて払いたかった。意地になりたかった。それが妹との繋がりになると思っていた。

バイトを増やし、疲れが溜まるようになって、箱崎は私のことを心配していた。私は疲れているから結婚するのかもしれない、お風呂に入っているときふと思った。湯船に体ごと潜り込むように顔をつけると、鼻にお湯が入ってきて痛かったから、しばらくそのままでいた。痛みは考えをどこかに消してくれそうだった。私は、痛いということにずっと集中していたかった。

どちらも休みだったから、箱崎となにか展示でも観にいこうと地下鉄を待っているときだった。「家な」と箱崎がいった。

「いっしょに住もうや」

「え、うーん」

「うーんて、それはどっちの」

「いや、知ってるでしょ？　妹のこと待ってたいんだって」

「せやから」

「え？」

「せやからやん。いつまでもひなたちゃんのこと待つやろ？」

「そりゃそうじゃん。え、なに？」

「ひなたちゃん、いつ帰ってくるかわからんやん。帰ってくるかもわからんやん。それやのにあの家で待ってたら、擦り減っていく一方やん」

「すごくすごくひどいことをいわれたよね」と私は水にいうのだった。

「そんなの、わかってるよ。わかっててやってる。ひとの生活にとやかくいわないでよ」

「とやかくいうし」

「は？」

「とやかくいうで。結婚するんやから、家族になるんやから。いままでとはちがう。

初岡が傷つかへんように、嫌なこともいってく」

喧嘩になるのかなと思った。箱崎と言い争ったり滅多にしてこなかった。

「初岡のこと、解放したげたいねん」と箱崎はいった。大きな声だけど、つっかえながらいっていたから、その考えが傲慢なものだと自覚しているのが私はわかった。

箱崎は、結婚というもので私を規定したいみたいだった。いなくなったひとを待ち続けたい祈りと呪いに、別のものをぶつけたいのだった。

たかが結婚で私のこと変えられると思うな。

そういいたかったけど、この場では箱崎の方が感情が大きくて、強かった。私は自分でも気づかないうちに、駅にいるひとたちの邪魔にならないように声量を調整していた。

私は、どうしたらいいかわからなくて、電車がきたら箱崎の手を取って乗り込んだ。

箱崎のやさしい気持ちはわかる。

問題をうやむやにしたかった。隣の車両で立っていた妊娠してるひとに席を譲りにいった。箱崎が追いかけてきたら、私はまた隣の車両に移動した。駅につくと、追いつかれないように美術館まで小走りでいき、展示も別々に見た。でも私はずっと、箱崎がちゃんと近くにいてくれているか気にしていた。箱崎が私を追いかけてきてくれているか、不安だった。

「たかが結婚で私のこと変えられると思うな」水にいって、すっきりした、気がした。

照明がずっとあたってて暑かったなあ。私はこれはなんのためにやっているんだろうと思いながら、ニコニコニコニコしてた。箱崎は絶対に泣くと思ってたのに泣かなくて、「泣いてもいいんだよ」ってからかうと泣きはじめてかわいかった。式場は、宗教に関係のない、なんか、教会風の建物でやったんだけど、窓からは神社風の建物が見えて、牧師さん風のひとが会議でも進めるみたいにプログラムを読んでたんだけど、ケーキ入刀のときにそのひと手拍子し出して、思ってたより学芸会感あって逆におもしろかったよ。それでさあ、黄未子さんがネトウヨになってた。

「なに書いてるん」と箱崎が聞いてきた。式を終えた私たちは高めのホテルに泊まっていた。

「いってなかったっけ？　妹に毎日のこと書いてるんだ」

「へえー」

「見る？」

「え、いいの？」

箱崎にアイフォンを渡した。箱崎はラインの画面を見て、苦笑いをしたり笑ったりした。ゆっくり親指でスクロールして、しばらく読んでいると箱崎は涙目になった。突然、うわ！　と叫んだ。「ぎゃ、わ、見て！」画面を私に見せてきた。

既読がついてる。

妹がこの瞬間、これを読んでいた。息を呑んで手を口にあてたら指が濡れて、涙が流れていた。写真が送られてきた。そのなかで妹は、どこか外国みたいな、井戸がぽつんとある殺風景な土地を歩いていた。おめでとう、と画像に書き込んであり、こちらに向かってどんどん笑いながら歩いてくる妹の写真が何枚も貼られた。それから一分ほど、なにも起きなかった。元気？　と送ってみた。元気。もう船に乗らなきゃでワイファイなくなるから、今度またビデオ通話しよう。いっぱい人生経験積んだからいっぱいゼニガメ描いておいてね。「既読に変わるとこ私が最初に見たかったのに～」水にいうことかもと思いながら、箱崎にそう拗ねた。

バスタオルの映像

大きいバスタオル。実家にあった。それをかぶると落ち着く。においのなかに親と弟と犬が画になって染みついてる。弟が笑うから、私はバスタオルでおばけになって歩こうとするのが、鼻で深く息を吸い込むだけの時間、再生される。大人になって、あのバスタオルはないのに。似ている、ビジネスホテルの大きいタオルをかぶって自分から間違えにいく。

「なにしてるの」夏本が聞いてくる。

おばけになってるねん、と私はいう、声、どういう感じでくぐもってるんだろう。「ひゃふっ」夏本は笑った。恋人だと思う。確認したことはないけど、それが近い言葉でしょ。

なんで笑っとん、私は、わりといらっとしてそれが、伝わらないと思って荒い語気にした。タオルを脱ぐタイミングがわからなかった。チェックアウトの時間がきてよかった。

おばけじゃなくなった方が私はふわふわした。隣でひとが出す音と、車が出す音のレベルがわからなくなる、歩いてると、夏本が地面を蹴った、脚が、ブランコほど揺れて、落ち葉が降ってきた。不揃いにカラカラ道路に落ちてきて、拍手みたいやったなと思い返したのは、次の日、拍手をしたからだった。

紗幕（しゃまく）の向こう、黒いシルエットが並んでいる。渦を巻く色とドラムロールが止み、スポットライトがあたった組が一位だった。去年のＭ１の決勝に残ったコンビ。

おもしろかった三組を記入することになっていて、私もその名前は書いた。人気だから、笑うことへの安心があった。他にもテレビに出ているひとたちはいて、テレビに出てるひとたち、と感じるだけでうれしくなった。

弟がユウキくんとやっているコンビの名前は、書かなかった。チケットを買ってほしいと弟にいわれ、弟を見に劇場まできたのに。

その場で発表はされなかったが、あとで聞いたら、弟とユウキくんのコンビは九位だった。六〇組以上出ていたなかでその順位は悪くなさそうだと思った。ええやん？とラインすると、返信はなかったから、弟にとっては悪いのだろう。二か月に一回あるその企画で一位になると、上のランクの劇場でネタをやれるようになる、そのチャンスを獲得することができた。

お笑いライブのあと、夏本とお茶をした。毎日会うんやなあ、と思ったけど、相手にとってはそれが自然みたいで、いわなかった。

「ライブ、マサくんどうだった？」

うーーーん、と私はいった。どうこたえようかためらっているうちに、なにか思い浮かんでくると思ったけど、ふたりがやっていたネタをどう伝えたらいいかわからなかった。こう、ネタの一部を取り出して語るって暴力的かもやし、弟とユウキくんを、私がそのとき感じた以上に非難してる風に聞こえるかもしれへんと思いながら、でも私は、「なんかコンプライアンスとかポリコレくそくらえみたいなネタやった」といっていた。

「女のことも男と同じように殴るからおれはフェミニストですよ、って、ボケとして――」

「ひゃふふっ」

「え？」

「ふぁっひゃふふ」

笑うんや。いっしょにひいてほしかってんけど。

劇場でも、そのくだりが一番ウケていた。弟とユウキくんが何秒か間を取る大きい笑いだった。ここがお笑いのための劇場やから、笑う空気ができてるからお客さんは笑ってるだけ、そう思ったのに、夏本も笑っている。

劇場にいたときも、いまも、笑い声のなかで幽霊になりそうだった。笑っていない私がおかしいみたいだ、笑うことのできひん私だけ仲間じゃないみたいだと、勝手に思ってしまう。心細くて、無理に口角をあげて、笑おうとして、それはこわくて、座席から私は、弟を睨んだ。夏本を睨んだ。そんなん、届かへんのに。せめて、私が私から消えへんように、笑わんかった。

「え?」と夏本はいう。「おもしろくない?」この距離だと、大丈夫なはず。

「おもしろくないよ」

愛想笑いしないよう、がんばった。

「そう? はひゃ」っていま、夏本がはぐらかして笑ってるみたいに。

でもそれだけ。モラルが合わないことを相手にいえる気力は私になかった。その話題で夏本と話を続けるの、めんどくさいなって思ってしまった。疲れていた。ただ生きてて、ただ仕事をして人間関係をこなしてるだけなのに疲れているということが、なにをしない理由にもなった。自分が嫌で、でもそこへの怒りは続かなかった。

夏本がトイレにいってるあいだに、きのうかぶったタオルの感触を想像した。暗い視界を、息のしにくさを思い出す。私はいま実家のバスタオルをかぶっていて、おばけになっている。笑い声で消されるんじゃなくて、自分から消えていて、それは落ち着く。よくふたりでごっこあそびをしていた。ふりをして、なにかになっていた。ちょっとあれやってみたいんやけど、それの練習させてくれへん、とネタをしているあいだの弟はだれなんだろう。あれは、だれの言葉なんだろう。私がどういう表情をしても、伝わらなくて、歩き回って、弟のことを、おばけの私が笑わせている。その笑いは？　私がいままで、弟や友だちや恋人たちを笑わせてきた笑いは？

考えようとすると、ぐうっと頭が圧迫されてきて、お金だけ置いて家に帰り、口角をあげてみた。は、ははははははは。ひとりきりだと、すんなり笑えた。だれを、なにを気にする必要もなかった。どういう笑いなのか、区別することもない。私が私の笑いを誤解したところで大丈夫だった。そこから眠るまでの二時間、笑い声を出し続けたらたのしかった。脳がたのしんでくれて、最高なことやなと思った。このまま、今日のうちに今日あったことを終わらせたくて、おつかれ。と弟にラインした。順位を聞いて、ええやん？　と送る。やりとりをしながら、ツイッターで弟とユウキくんのコンビ名を検索した。ライブの感想で、やばい。えぐい。今日のネタも治安が悪くてさすがwとほめているものにまじって、こわくて体がかたまった。と書いているひとがいた。弟もユウキくんも当然、検索して見ているだろう。

こういうのを見て、ふたりでなにを話すんだろうか。話したりはしないんだろうか。尋ねることもせず、笑う声を大きくした。なにもいわず勝手に帰ったのなんてはじめてだったから、夏本からのラインが溜まる。通知の数字が増えていくストレスと連動するみたいに笑う。梅干しとチャーハンが好きやから、梅干しでチャーハン作りたいという漫才をしていたコンビがいて、それがいちばん好きだった。最終的に梅干しで坂本龍一を作った。その過程のおもしろかったところ、どんどん忘れていって、弟たちのネタばかり頭に残ってしまう。梅干しの漫才はあがっていなくて、トークやゲーム実況ばかりだったけど、そのコンビのユーチューブチャンネルを聴きながら眠った。

１００４

起きたら、ラインの未読通知がそれだけあった。弟からが2で、会社の同期のグループラインが7、夏本からが995。弟は、もっとがんばって売れるから。と書いてきていた。そのあとに、力こぶを作っている石のスタンプ。見ない方が負担になりそうで、夏本からのラインを見ると、心配の連絡が、だんだん怒りに変わっていく。800通目くらいには脅しになっていた。たいへんなことになるからな。どうなってもしらないからな。

995回もラインを送る姿と、夏本の感情の起伏を思い描いて、私は笑ってしまった。きっと、夏本がやばいひとだとわかったからだ。こわがるというより、私の方が優位に立てているような、相手をやばいひとだと思うことに罪悪感がないということに、なんというか、すごい爽快感があった。

通知をオフにして、もう連絡を取らんとこうと思った。

行動範囲も変えることにした。会社へいく道も、よくいく店も変えた。なんで私がこんなことをしないといけないんだろうってむかつきがくると、百貨店のデパ地下でおいしいものを買った。四日に一度は梅干しのパックを買って、毎日、会社と家でたべた。はまっとるん？　と同僚に聞かれると、お守りみたいなもんかもしれないです？　と私はいっていて、へぇーそうなんや、と自分でも少し驚いた。調べると、単独の予定はしばらくないらしかったから、あのコンビのネタを観に劇場に通った。笑うことにまつわる、倫理とか差別とか、そういう、ノイズを感じることなくおもしろいと思えるだけでしあわせだった。梅干しの差し入れとかどうなんやろ。ていうかネタでいってたからといって梅干しが好きなわけでもないんか、とか考えながら全国の梅干しを見ていると、陳列のガラスケースに知っている後頭部がぐにゃぐにゃに曲がって反射していた。

ユウキくんだ。金髪で短いモヒカンにしてるひと、他にあんまりいないだろう。私の後ろの、ちりめん山椒の店を見ていて、こちらにはまだ気づいていない。私も、気づかんかったらよかったな、ユウキくんの頭、波になって揺れる、この前のライブの感想とか聞かれたら、どうしようと思いながら、でも、悪い子では別にないから声をかけた。

「お姉さん」とユウキくんは私のことを呼ぶ。「なにしてはるんですか?」

弟と大学のときから友だちで、何度も実家にあそびにきたことがある。夏本とも学部のゼミが一瞬かぶっていて、三人や四人で呑んだこともある。ユウキくんは会ったことのない犬の遺影に泣いてくれたし、お墓参りもいっしょにいってくれた。うん、悪い子やったらよかったな。やさしい、気さくな子があありうネタをやってるから、余計もやもやする。でも私がなんかいうんは、何様なんや。

「ちょっと梅干しをな。ユウキくん、ちりめん山椒好きなん?」と私はいった。ちょっと世間話をしたら、あのネタこわかったわ、と伝えてみる。あのネタこわかったわ、と私はいう。そう念じて、準備する。

「あーなんかおかんがはまってるみたいで、送ったろかなって」

「やさしいなあ」

「おれ別にやさしないですよ」

「ところでユウキくん、いい天気やと思わへん？」

「そうですね？」

私は頭上を見上げた。ここは地下で、世間話が失敗した。

「あのネタ」

「はい？」

「こわかったわ。なんかそういうなんていうか、構造を笑ってるわけでもなかったよな？」

「え、自分らのですか？　どれのことというてはります？」

「ほらこの前、ネタいっぱいやるバトルの公演でやってた」

「んん？」ユウキくんは、目玉で脳を掻き出すみたいに斜めを見て、白目にまでなって思い出そうとする。九位やった、と情報を添えた。「あーーはいはい。ゲキバトのでしょ。あれはね。でもああいうのがウケるんすわ。テレビじゃなくてライブでやるから余計にね」

まあそういう仕事ですからねえ、とユウキくんは笑い、自分もどちらかというとああいうのがウケることにモヤついてる、といってきたから、たいへんやねえ、とこたえながら、私はストレスで心が縮んでいて、気がついたら梅干しを、カードで分割払いにしてもらうほど大量に買っていた。

その年のいろんな忘年会で配って、私といえば梅干しというイメージがついた。じゃあやらんかったらええのにな、そう思うのに、面と向かって批判はしなかった。私もおんなじように一貫性がなくて消極的で、でもまあみんなそういうもんやろ、と思って、楽な状態を長引かせたかった。

「弟くん、テレビで見たよ」会社の忘年会で上司にいわれた。前の日、深夜番組の中堅芸人が次にくる若手芸人を紹介するやつで、どういう彼女がほしいか、という漫才をしていた。想像のなかの恋人が、どういうルートを辿っても蕎麦打ち職人になってしまうところとか、私も笑った。「ああいうの出ていくらもらえるの」「やりたいことやれてええよな～」私は弟じゃないのに、人生のアドバイスとかされる。おしぼりを握って、実家のバスタオルだと思った。頭にかぶせると私はおばけで、実際、相手は私の返事に関係なく、一方的に話して満足そうだった。おまえは、透明なものに喋ってるだけ。

弟とユウキくんはもっと、いわれるんだろう。お正月も、弟は親戚の集まりとタイミングをずらして帰ってきた。夏本を連れて。

私はそのとき実家のリビングで、こたつに入って眠っていた。肩を叩かれて起きると、夏本の顔が目の前にあって、鼻が触れた。

「心配したよ。元気なんだって？　会えてうれしい。よかった〜〜」といった夏本は、ちょっと涙ぐんでさえいた。

私は、こいつほんとはやばいひとじゃないのかもと心が思いはじめようとするのを感じて、困惑した。あんなラインを送ってくるひとに対して複雑な気持ちになりたくなかった。どうしたらいいのか、私はどうしたいのかわからず、夏本のことを認識していないみたいに、寝ぼけているみたいに呻き、目を閉じた。

「寝ちゃってるみたいですね」夏本は笑って、親がしている皿洗いを手伝いにいった。あいつが帰ったら、弟にもあのネタがこわかった、と私はいう。

寝たふりをしてるうちに、寝ていたらしい。目が覚めると、夕暮れ、リビングの窓から見える庭で、家族全員と夏本が煙草を吸っている。漂う煙であたりがぼやけて夢みたいだ。笑い声が聞こえる。そのなかで、夏本ひとりが私に気づき、笑ってくる。私は、早く夜になればいいと思った。夜になれば、窓ガラス越しに向こうは見えず、私が反射してるだけ。口を開けて、夏本が私になにかいっている。

なに？　と私は口パクでいう。

え？　なにいっとん。あほちゃうん。うるさいねんけど。きっしょ。もうええって。私はこんなこといえて、相手を傷つけないで傷つけたさを出せたことがうれしくて笑えていて、向こうはどうなんだろう。眺めている弟や親も、私たちそれぞれ、なにを思い違えているのだろう。夜になると、私は私とそれを続けるのがたのしく、この時間ごとバスタオルをかぶせたかった。

だいじょうぶのあいさつ

私の家は断崖絶壁の上に建っている。「どうして？」私は聞いた。「どうしてもだよ」って母も父もいう。

「お兄ちゃんはどう思う？」私は聞いた。「私たち、なんでこの家に住んでるの？」

「なんでって、そうなってるから」と兄がいう。

「こたえになってなくない？」

「うっさい」

そうなってるんだよ、と兄はぼそっといった。

私たちは兄の部屋にいた。電気を点けていなくて兄の顔がパソコンの光に照らされていた。じごく、てんごく、じごく、てんごく、そういうあそびみたいに光が入れ替わって予測できないリズムだった。

「目が悪くなっちゃう」兄は椅子の上で両ひざを立てて黒いパーカーのフードをかぶっていた。「ハッカーみたい」

「うっさい」兄はフードを取った。自分でもハッカーみたいだときっと思っていたのだ。兄はなにか文字みたいなものを打ち込んでいた。この家は断崖絶壁の上に建っているからネットが繋がらないのに、「パソコンでなにしてるわけ？」私がときおり聞くと、兄は「交信」とこたえた。「回路がほんと不安定なんだよな」画面の色が変わる度に兄の頬の色も変わった。

「ご飯できたよ」廊下から母の声がした。「はーい」と私はいい、兄はなにもいわなかった。私はリビングにいって、ひとり分の料理を兄の部屋に運んだ。「お兄ちゃんの分ここ置いとくからね」兄は返事をせず、またフードをかぶっていたので表情がわからなかった。「顔がないんですかーっ」私は壁に貼ってあるコナンくん、犬夜叉とラムちゃんとあだち充のポスターに向かって肩をすくめた。

リビングに戻ると、「ありがとう、まるみ」と母がいった。

家族のなかで私だけが兄の部屋に入ることができた。どうして兄が学校にいかなくなったのか私は知らない。母と父は理由を知っていて、夜中、両親の寝室からときどき喧嘩する声が聞こえてくるのは、きっと兄のことを話しているのだった。

だから、兄が自分の誕生日パーティを開くといったとき私たちは驚いた。朝食のときのことだったから、まず私たちは兄が夜中以外に部屋の外に出ているということに驚いた。「おはよう」といった兄に父が近づいて肩をばしばし叩いた。「どうしたんだ。ええ？」父はいった。私は息を呑んだ。父の動作と声は兄を怯えさせるのに充分なものだった。

「あのさ、来週、おれの誕生日じゃんか」

「そうだな。なにがほしい？　なんだっていいぞ」

「プレゼントは、別にいいんだ。その、友だちが——」

「友だち？」

「うん。友だちを、招待しようかなって。誕生日パーティに」

私はレゴブロックみたいに首を回して、母を見た。お兄ちゃんがいっていることは本当なの？　これは夢じゃない？　私は兄に友だちがいるということをはじめて知った。

兄はそれだけいうと自分の部屋に戻っていった。それから誕生日の日まで兄はいつもと変わらず引きこもっていたけど、母と父と私は浮かれていた。お兄ちゃんの友だちってどんなひとなのか、三人で噂していた。父は大きな声だったから兄の部屋まで聞こえていたかもしれない。母は三日前から料理の支度をはじめ、誕生日ケーキも予約していた。当日になると朝早くから父が山のふもとの街へとケーキを受け取りにいった。

「じゃあ、友だちを迎えにいってくるよ」兄がいった。兄が外に出るというだけで母は感極まっていた。見えなくなっても、そのまま円を描きそうなくらい手を振っていた。

兄が帰ってくる前に私と母は家を飾りつけることにした。

「お兄ちゃんの友だち、どんなひとかなあ」

「さあね」

「まるみはどんなひとだったらうれしい？」

「うーん。わかんない」

私が折り紙で輪っかをいくつも作り、母がそれらを繋げて壁にかけた。その作業が終わるとふたりで鶴を折って家中に配置した。

「女の子もいるかな。ガールフレンドだったらママどうしよう。ねえ最近お兄ちゃんに変わったことあった？」

「特にないかな。ずっとパソコンしてる」

「そっかあ。じゃあパソコンで出会ったのかもね」

「オフラインなのに？」

「オフラインってなに？　きっとパソコンで出会ったんだよ。あの子にはそういう才能があるから」

「う……ぐっ」私は急にちょっと苦しくなった。もし私が友だちを家に連れてきたいといったら、いま母と私が兄に対してしているように、私がいないあいだに私の話がされてしまうにちがいない。

「どうしたの？」

「ううん、なんでもない」

父よりも早く、兄と兄の友だちがやってきた。呼び鈴が鳴った。私と母は急いで玄関のドアを開けた。兄が立っていた。

「紹介するよ、こっちがホンダで、そっちがエドモンド、タツヤとカズヤは双子なんだ」

兄の隣にはだれもいなかった。兄の後ろに隠れているのかもしれないと思って私は兄のまわりを一周した。兄はもう一度いった。

「こっちがホンダで、そっちがエドモンド、タツヤとカズヤは双子なんだ」

「ハ、ハーイ」母はいった。「よろしくね」母は私の背中に手を置いた。「さあ、あんたもあいさつして？」と私にいった。

私は涙ぐみながら、「妹のまるみです」といった。「いつも兄さんとあそんでくれてありがとう」

私と母のあいだを抜けて、兄はリビングに向かった。紙の輪っかはひとが通ると揺れるような高さに配置されていて、兄ひとりが通った分しか反応しなかった。私は息を吹いて輪っかを揺らした。兄の他にもだれかいるみたいだと思った。そう思っているうちに、本当にそんな気がしてきたらいいのに。

「母さん、腹減った」兄はいった。

「え？　あ、ああ」母がいった。「いま温めてくるから、待ってて」

母はキッチンに引っ込むことができてうれしそうだった。私はリビングと廊下の境い目に立ってて、兄と目が合う前に自分の部屋に走った。音が出ないようにドアを閉めた。部屋に鍵はついていないなかったし、ドア一枚の仕切りでは足りないと思ってベランダにいった。崖下からの風が吹きあがってきて額から髪がめくれ上がり、私のかたちは火山になった。

落ち着かなきゃ。リラァァァァクス。ベランダですーはー深呼吸してるとドアが開いた。後ろに兄が立っているということが、兄がしている慣れない整髪料のにおいでわかった。

「たばこならここで吸えるよ」兄はだれかにいった。ベランダはふたつの部屋にまたがっていて、崖側を向いた兄と私の部屋共通のものだった。

「妹の相手してやってて」兄はそういって、なぜか自分の部屋ではなくて私の部屋に戻っていった。

私の隣にだれかが立っていたが、私には見えなかった。

「えっと、なんて名前でしたっけ？」私はいいながら、兄の友だちの名前を思い出した。

「カズヤ」私はいった。

「おっけー。なんて呼べばいい？」

「ふつうにカズヤでいいよ」私はいった。私のベッドに座って兄がこっちを見ているということを後頭部でぱきぱきに感じていた。

「僕はなんて呼べばいい？」私・カズヤはいった。

「なんでもいいよ。家族からはまるみって呼ばれてる」

「友だちからは？」

「友だちからは……」私は考えなければならなかった。私には友だちがいなかった。室外機の上に、茶色い鳥がとまっていた。「こ、こ、小鳥ちゃんって呼ばれている！」

「へえ。小鳥ちゃん」カズヤがいった。私の顔が赤くなるのがわかった。私は早口でまくし立てた。

「ごめん。うそ。本当はなんにも呼ばれてない。クラスメイトからは苗字で呼ばれてるだけ。学校で話しかけてきたりカラオケに誘ってきてくれる子たちはいるんだ。私は彼女たちときちんと喋りたかったしカラオケにもいってみたかった。私たちだけの小さい箱のなかで私たちの歌をうたって、ほめ合ったりしてみたかった。でも無理だった。私がカラオケの誘いを断りつづけたのはこの家のせいなんだ。私と仲良くなったら彼女たちは私の家にいきたいっていうと思う。断崖絶壁の上に建ってる家なんてそうないから。私は『うーん、どうかな。あんまりおもしろくないよ』っていうけど、私の表情は彼女たちが家にくることを否定していない。それどころかちょっと微笑んでるようにさえ思える。彼女たちはオーケーなのだと受け取り、私といっしょに山を登る。一般の小学生にはきつい道のりだけれど彼女たちは私を気遣って先をいく私に聞こえない小さい声でしか不平不満をいわない。でも、もうすぐ頂上だ。彼女たちは断崖絶壁の上に建ってるこの家の写真を何枚も撮る。自撮りする。私は友だちとこんなに密着して、しかも写真を撮るなんてことはじめてなので、うれしくて口角を固定することができない。写真うつりが悪くてもう一回撮ろうよといいかけるが、そのときには彼女たちは家のなかに入っている。彼女たちは一目散にこのベランダに向かう。ここが我が家で一番の絶景ポイントであり、彼女たちは断崖絶壁に建っている家にきたということを味わいたいからだ。それからどうなると思う？　私と彼女たちがひとところに集まってしまったら？　ああ、一か所に体重がかかってしまう。バランスが崩れたこの家は傾き、昔の映画やコントみたいに、真っ逆さまに崖下へと落ちていってしまうんだ」

私はしゃがんで両手で顔を覆った。

「だいじょうぶ？」カズヤがいった。

「ごめんね。ひとりでいっぱい喋っちゃった。気持ち悪かったよね」

「そんなことないよ。想像力が豊かなんだね」

「なにそれ。でもなんの役にも立たないよ」

「そうかなあ。僕はそうは思わないけど」

「じゃあなんの役に立つの？　具体的に」

カズヤはなにかいおうとしたけれど、なにをいっても本心は表せないのでなにもいわないことにした、みたいに笑った。

カズヤは「まあ考えてみてよ、小鳥ちゃん」といいながら私の頭をぽんぽん叩き、家のなかに入っていった。

リビングに戻ると私はなんだかすっきりしていたので、カズヤに口パクで「ありがとう」と伝えた。彼は微笑んだ。私たちのあいだにはなにかすばらしい秘密があるみたいだった。

「まるみ、たべないと冷めちゃうよ」母がいった。

「このおむすびはとてもおいしいです。才能がありますね」母‐エドモンドがいった。

「『松島や　ああ松島や　松島や』これは、マツシマさんに出会ったときにするあいさつです」兄‐ホンダがいった。

私たちはゲームをしていた。架空のあいさつを考えるというゲーム。私が通ってる小学校でおととし流行ったやつ。『学校へ行こう!』の特番でV6がやっていたのだった。こういうあそびが流行ってるんだよ、って私がいったのを、お兄ちゃんは二年も覚えていて、きっとずっとやってみたかったんだ。

「ご愁傷様です申し訳ございません納期には間に合わせますので。いまあべのハルカスにおりましてほがらかです」兄‐ホンダがいった。「これでひと続きのあいさつです」

「美しいですね」兄がいった。

「うわあむずかしい〜」と私。

「ごしゅうしょうさま？　です」母がいった。

「まるみもいってみて。ごしゅうしょうさまです」

「ご、ご、ごじぇ」かんじゃった。

「ゆっくり。落ち着いて。慌てなくていいです」兄 - タツヤがいった。

　リラァァァァクス。

「ごしゅうしょうさまです」いえた。「もう、し、わけ？　ございません。のうきにはま」すごい、いえてるよ。「にあ、わせますのでいまあ、あ、あ、あべぬにぇ」もう！

　そのときだった。山を下りてケーキを買いにいっていた父が、帰ってきたのは。

「友だちはまだきてないのか」リビングに入ってきた父がいった。そのひと言で、私たちは沈黙した。

「えっと、お手洗いにいってる」母がいった。首を回して、兄に後頭部を向けて。

「みんなで？」父が聞いた。

「そう、みんなで」母の声はほとんど消え入りそうになっていた。「ねえ、まるみ？」

　私はうなずいた。顔をぶんぶん振った。からあげから染み出た油の上に、フケがゆっくり落ちていった。

「ここにいるじゃんか」兄がいった。「みんな、ここにいるよ」

兄は母の顔を見て、私の顔を見た。

「なあ、みんな」兄はそういった。私と母は兄から目をそらし、口をからあげで塞いだ。

「なんなんだ?」父がいった。

「おとうさん、はじめまして。ホンダです」兄がいった。

「タツヤです」兄がいった。母を見た。顎をしゃくって、母に促していた。

「……エドモンドです」母がいった。次は私の番だった。

「カズヤです」

「タツヤとカズヤは双子なんだ」兄がいった。「さっきまでみんなで、あいさつを——」

「おい、おいおい」父がいった。「だいじょうぶか。なあ、だいじょうぶか?」

兄はこたえなかった。じっと父を睨んでいた。兄はなんて強いんだろうと思った。

私は誇らしかった。

「だいじょうぶだよ」私はいった。テーブルの下で母の手を探した。向こうから握ってきてくれた。「お兄ちゃんはだいじょうぶだよ」

「なにがだいじょうぶなんだ？」父はいった。「だってこんな……」

父はぐるっとテーブルを指したが、半円さえ描かないうちにだらしなく腕は下がった。食卓の上には私たち家族以外に四人分の食事があり、どれも食べかけだった。父は額に手を置いた。その手を顎先まで下ろして、ため息を吐くというのが困ったときの父の癖だったから、父の手がちょうど目を塞いでいる隙に私は両隣のカズヤとタツヤのお皿にあった酢昆布を嚙みちぎってお皿に戻した。顎から手を離した父がため息を吐くと私はいった。

「カズヤとタツヤが、酢昆布おいしいですね、だって、母さん？」

母は一瞬びくっと震え、それから「ありがとう」といった。

「どういたしまして」兄‐ホンダがいった。「あっ、ほんとにあるあいさつしちゃっ――」

兄が言い終わらないうちに父がテーブルを叩いた。お皿が床に落ちて割れた。

「いい加減にしろ！」父が叫び、兄の胸ぐらを摑んだ。「どうしてお前はそうなんだ」

それからずっと小声で、自分の寿命を費やすような心でいった。「まともになれないんだ」

私はテーブルの下で母の手を強く握った。兄は父になにもいい返さなかった。目をまっすぐに見ているだけだった。

「なぁ、やり直そう」父はいった。「お前には友だちがいない。家族だけで誕生日パーティを最初からやり直すんだ」

床に置いていた誕生日ケーキの箱を取るためにしゃがんだ父を、兄が後ろから押した。父は顔から床につっこみ、ケーキは父の胸からおへそにかけて潰れた。富士山のかたちをしたケーキで、私たちの火山はここで潰れた。

兄はリビングを飛び出した。私は兄を追いかけ、母は父を起き上がらせて私たちのあとをついてきた。兄の部屋でパソコンの画面から、おっさんが痰を吐き出すときのような、排水口が水を吸い込むときのような、予兆のような、地獄のような音みたいな色が放たれていて、高速で点滅して部屋の光と私たちを切り分けていた。

「お兄ちゃん、これなんなの？　パソコンでなにしてるの」

「交信だって」兄がいった。ベランダに出ていた。

父がやってきて、「やめろ」と兄にいった。

「え？」兄はいった。「そうか。あんたにはおれが、いまから飛び降りようとしてるみたいに見えるんだ」

私たちは全員ベランダに出ていた。体重がかかっていた。本当に昔の映画やコントみたいに家が傾けばよかった。そうしたら、兄の友だちが本当に存在していることになる。家が傾いて、私たちは命からがら逃げだす。肩で息をして、振り向いたときには家は崖下に落ちていてもう粉々に崩れ出している。私たちはそれを圧倒的だと思う。あまりの危機に、いま兄と父のあいだで生じていることなんか、些細なことになる。私たちはみんな、顔を見合わせて笑ってしまうだろう。これからどうしようかと、泣きそうになりながら。家が本当に壊れたら、私たちはやり直すことができた。私は兄のそばにいき、ベランダでぴょんぴょん飛び跳ねた。「落ちろ」と叫んだ。父に捕まえられて、私の涙が父の腕に落ち、肘に伝うまで、飛び跳ねつづけた。

それからまた兄は引きこもるようになった。私しか部屋に入ることはできず、兄は父とは絶対に顔を合わせなかった。

はじめは口だった。

「まるみ」兄がいった。

「なに」私は顔を上げた。兄の部屋で寝そべって小説を書いていた。

「おれの口にテープを貼って」

「なんで。なんで口にテープを貼るの」

「なんでも」

「自分で貼ればいいじゃん」

「おれは忙しいから」兄はパソコンでなにかしていた。私はため息を吐いた。

「わかったよ。どう貼るわけ？」

「バッテン」

ちぎった二枚の、緑と白がななめに走ったマスキングテープを「×」のかたちで兄の口に貼った。

「ミッフィーちゃんみたい。いたくない？」

兄はうなずいた。

「ねえなんでなの？　鼻が詰まったら息できなくなって死んじゃうよっ」

兄は返事をしない。私はイライラした。

「教えてくれないんだったらこのこと母さんと父さんに話すからね」

兄は椅子を回転させて私と向かい合い、テープを外してこういった。

「準備。いまはまだそれしかいえない」

兄は再び口にテープをつけた。

「わかったよ。ふたりにはいわない。でも、なんでかいえるようになったら教えて」

兄はうなずいた。

「おやすみ」といって、私は自分の部屋に戻った。

「今日は三ページも進んだよ」ベッドに座って、私はカズヤにいった。もちろん、それがひとりごとだとわかっている。あの日ベランダでカズヤにいわれた私の想像力について考えた結果、私は小説を書くことにした。「その町には、私たちそっくりの家族がいて、この家にそっくりな家に住んでるんだ。基礎工事がしっかりしてるから、何人なかにいても、決して傾いたりしないの。だからいつも私とお兄ちゃんの友だちが遊びにきてる。カズヤもいるし、タツヤもエドモンドもホンダもいる。あだち充だっている。私のクラスメイトもいて、私の友だちとお兄ちゃんの友だちが仲良くなったりする。お兄ちゃんはいまみたいに部屋から出ないままだけど、父さんも母さんも、そのことでイライラしたりしない。インターネットも通ってるから、私たちは画面越しに話す。そこまで書けたんだ。すごくいい話だなって私は思う。でも、私だけがそこにいないんだ。私の友だちやあなたたちは私に話しかけるけれど、書いている私には私の姿が見えないんだ。それでね、そのことに私はちょっと安心してる」

私は顔を両手で覆った。涙が出ると思ったけど、なにも出なかった。

みる？」

「知らない」と私‐カズヤはいった。そりゃそうか、と思った。「こっそりのぞいてみる？」

「お兄ちゃん、さっきなにしてたんだろうね。カズヤは知ってる？」

私はベランダに出て兄の部屋を見た。パソコンはまだ点いていて、そのときは画面から出たオレンジ色の、おしっこみたいな光が部屋の色だった。

兄は椅子から降りてベッドに移るところだった。兄は布団にお尻をつけ、片脚ずつ伸ばし、背中を下ろしながら左耳、右耳と耳栓をつけた。それは銃弾のようなかたちをしていたけど、銃弾でも本物の耳栓でもなかった。耳の穴に合うかたちにしたテープだった。それから兄は切断されたみたいに片膝から先を曲げた。脇から取り出したガムテープを、その脛（すね）と太ももにぐるっと一周させた。もう片脚も同じようにテープでとめた。Tシャツがめくれ上がったとき、兄のお腹に大きく「×」のかたちにマスキングテープが貼ってあった。兄は口を塞いだままだった。パソコンから色が消えて、部屋が暗くなった。兄はシルエットになってもぞもぞ動いていたけど、そのうち動かなくなった。ベランダの鍵は閉まっていて兄の部屋の鍵も閉まっていた。私はドアをノックしようと思ったけど、音が響いて両親を起こすわけにはいかなかった。ふたりにはいわないという兄との約束を守りたかった。

朝になると、私は学校にいく前に兄の部屋をノックした。

「おはよう」ドアを開けた兄は目が血走っていた。体のどこにもテープが貼られていない。

「お前、見てたの？」

「なにしてたの」

「お兄ちゃん、きのうなにしてたの。きのうの夜中」

「いえるようになったらいうっていったろ」

「あぶないことじゃないよね」

「学校おくれるよ」

「あぶないことじゃないっていって」

私の目の前でドアが閉まり、私の髪がなびいた。ドア越しに兄の声が聞こえた。

「おれはだいじょうぶだから」

それから毎日、兄は夜になると体をテープで塞ぐようになった。兄はだいじょうぶといったのだ。私はベランダの窓越しに見ているしかなかった。

兄を愛せない代わりみたいに、父は私にかまった。学校の参観日があると、わざわざ私に新しい服を買って着させた。ピンクのふりふりのやつとかウエディングドレスみたいなやつとか、父は私に着てほしかったみたい。でも私は毎回パーカーを買ってもらった。参観日の日、私は兄を真似てフードをかぶった。「まるみ、まるみ」父は教室の後ろで保護者たちにまじって小声でいう。「5だぞ。5！」算数のこたえを私に教えていた。手のひらを広げては閉じ、広げては閉じ、広げてはぐっと満面の笑みで片脚を踏み込むのを繰り返した。

私は父のそういう、無邪気になれてしまうところが苦手だった。愛をまき散らすのはなにも考えていないみたいで、心の同じところで兄を傷つけてる。でも父は私のクラスメイトには人気だった。ミョウガサキさんのお父さんかわいいね、って隣の席のくずはちゃんがノートに書いて見せてくる。

「なんて返事したらいいかわからなくて、くずはちゃんのこと無視したみたいになっちゃった」私は家で兄にいったけど、テープの耳栓で私の話は聞こえなかった。その頃には兄は夜だけでなく日中も体を塞ぐようになっていた。兄は椅子の上で丸まって、じっとパソコンを見ていた。両手も縛っていて、目にもテープを貼っていたから本当に見ているとはいえなかったけれど。兄はなにかを待っているようだった。椅子ごと兄の体が向きを変え、私を正面から見据える。私は眼球をずらして「ははは」と笑うことしかできなかった。なにもおかしくなんてないのに。ぜんぶ冗談になればいいと思って。

――こんにちは。はじめまして。

突然、声がした。兄のパソコンから、兄そっくりの声が出ていた。私はぎょっとした。「これ、お兄ちゃんが設定したの？」兄はこたえない。私は、こわがってなんていないように「こっ、こんにちは！」といった。

――元気だね。小説はすすんでる？

「あ、うん」

――どうして小説なの？

「だって、自分ひとりで作れるでしょ？」と私はいう。「書くのはタダだし。お金の心配をしなくていい。お金は大事だから。それに、私だけの世界。私が安心できる世界。それをみんなが読んで自分の記憶にするの。つまり、頭のなかに私の世界が植わってるってわけ。将来私は宇宙ノーベル・ピュリツァー・ウルトラ文学賞を取って、小説がいろんな言葉に翻訳されて、いろんな宇宙のひとが私の世界を記憶にする。そしたら、たくさんのひとが、私の小説の登場人物みたいに行動しだすんだ。私の小説は強いから。強い記憶になるから。みんな私の世界で生きているひとになる。私の思い通り。もう人殺しなんて永遠に起きない。悲しい病気はぜんぶなくなる。私は安心する。みんなも安心する。お兄ちゃんも、安心できる」

話しながら、私は涙目になってた。しばらく待ったけど、パソコンは返事をしなかった。兄は椅子の上で動かない。私のことをじっと見ている。私が涙をこぼしたら、兄が私を泣かせたみたいになる。

私は爪先立ちになり、両腕をお腹の前でバレリーナみたいにして、片脚をぴんと伸ばして、体を回転させた。ぐるぐる高速で回ったら涙、お兄ちゃんにばれない。私は私というベイブレードだった。壁や家具に激しくぶつかりながら、兄の部屋を出ていった。

おえってなった。回り過ぎて気持ち悪かった。脳しんとうを起こしたみたいになって寝込んでしまった。もうろうとした記憶のなかで、母と父が交代しながらつきっきりで看病してくれてたのを覚えている。夜中に目が覚めると、ベッドのそばで父が私の手を握りながらねむっていた。すごく安らかな顔。その向こうの暗やみに、だれか立ってる。

兄だった。私を見て、口パクでなにかいってる。

さよなら。

そういってたんじゃないかなって、ずいぶんあとになって思った。

私はいつの間にかねむっていて、目を覚ますと体調はばっちりだった。陽が昇りはじめたくらいのまだ早い時間、トイレにいこうと廊下へのドアを開けると、部屋の前に兄がいた。

「どうしたの」私はいった。兄は壁にもたれて、動かなかった。ミイラみたいに全身にテープが巻かれていた。鼻の穴も、塞がっていた。私はひるんだ。おそるおそる口周りのテープを剝がした。

兄は何事もなかったみたいに口で息をしはじめた。穏やかで、私にはそれがこわかった。

「まるみ、準備できたよ」兄はいった。

「なんのよ。なんの準備なの。ちゃんと話してよ、お兄ちゃん」

「友だちのところにいくんだ」

「友だちって、カズヤとか？」

「うん。ホンダとエドモンドとタツヤとカズヤのところに」

「どういう意味？」

「あいつら、いなかったでしょ?」

「うん……」

「でもおれの友だちなんだ。おれと友だちになってくれたから、おれ、友だちといっしょにいたいんだ」

「私は? 私とはいっしょにいたくないの?」

「まるみはさ、カズヤと話したりできるんだろ? だったらだいじょうぶだよ。おれにも話しかけてくれるかな」

私は兄の目のところのテープを剝がそうとした。私のことを見てほしかった。爪でテープの切れ目を探して剝がすと、テープのかたちに合わせて、兄の目や皮膚がなかった。

「なにこれ」

私はテープを剝がしていった。腕も、脚も、胸も、首も、髪も、なにもなかった。空っぽだった。口だけが、兄の口があったところに残っていた。それも、だんだん、薄くなっていった。口が消えて、兄のすべてが私に見えなくなる前に、兄はいった。

「心配しなくていいから。だいじょうぶだよ」

兄の部屋では、パソコンの画面が不規則な間隔で私が名前を知らない色に変わっていった。てんごく、じごく、てんごく、じごく。そして私がじっと見つめていると黒くなり、もうなにも起こらなかった。私はパソコンを両手で持ち上げた。そのまま床に叩きつけようとしたけれど、私よりもずっと長く兄といっしょにいたものなんだと思うと、私は手を離すことができなかった。振り落とす勢いのまま、パソコンといっしょに床にへたりこんだ。振り返ると、ドアの脇に鏡があり、そのなかでさっき私が引きちぎったはずのテープが、兄の輪郭のかたちになっていた。

目が覚めた。私は兄の部屋でねむっていたらしかった。部屋に兄はおらず、廊下にテープのかたまりもなかった。リビングにいくと、兄がいた。母と父と喋っていた。「おお、おお、まるみ」父がいった。うれしそうだった。「おはよう」と兄がいった。私はその兄に近づいて、そばを通り過ぎるとき、指で兄の手の甲をつついた。その兄は私に微笑んだ。私はキッチンにいき、ゴミ箱を開けた。あのテープがなかった。私は影に覆われて、振り返ると兄が立っていた。私を見下ろしていた。「あんただれ」と私はいった。その兄は口にひとさし指をあてた。だまって、と私に示していたが、私はいった。「あんただれなんだよ」その兄は微笑みつづけた。

私はその兄から目を離さないようにした。兄が部屋に戻ると、私はベランダに回り込んで室外機の陰から観察した。

その兄はひとりでだれかと話していた。

「こっちはだいじょうぶだよ。まだあんまり慣れないけど。そっちはどう?」というのが窓越しに聞こえてきた。

「うん……うん。そっか。そう……父親も母親もだいじょうぶ」その兄は喋りながら、蚊でもいるみたいに自分の体をしきりに叩いていた。

「まるみ?」その兄はいった。「まるみはねえ、いまこっちを見てる」

その兄の首が、木が捩じれるように曲がって、私を見た。その兄がベランダの窓を開けた。

「こんばんは」その兄はいった。「寒くない? 入ってきなよ」

「ここでいい」私はいった。顔をずらすと、兄の部屋にいくつもテープが落ちていた。

「あんた、だれ? やっぱりあのテープなの? お兄ちゃんをたべちゃったの?」

「お兄ちゃんをたべちゃった?」彼は私の言葉を繰り返した。それから、笑った。お腹を抱えて笑った。頭のてっぺんが私の正面を向き、つむじにはテープがくっついていた。私はそれに手を伸ばした。引っ張ろうとしていると、手を摑まれた。

「だめだよ。気を抜いたらこうなっちゃうんだ」その兄は体を直立にして震えた。それからまた屈み、私につむじを見せた。もうテープはなかった。

「で、なにしてたの？」

「なんでもない」

「ふうん。待ってるよ、あいつ」

「待ってる？」

「話しかけて、っていってたでしょ。きみのお兄さん。いま話してたんだ、僕たち。きみも話す？」突然、その兄の顔が変わった。一瞬、闇がさしたような感じだった。その兄は兄の顔をしていたけれど、私が目を閉じて、開けたときには、兄が兄の顔をしていた。

「お兄ちゃん？」

兄はうなずいた。

「なにしたの？　どうしてこんなことになってるの？」

「あんまり長くこうしてられないんだ」兄はいった。「友だちが呼んでるから」

「ねえお兄ちゃんは……私たちのことすき？　私と母さんと、父さんのこと」

「うん」兄は即答した。でもそのあとの言葉を出すまでには、長い時間がかかった。「愛とか、よくわからないけど、愛みたいなものなんだと思う。愛してるみたいにすきだから、離れることができた」

私はうつむいた。兄の言葉はきっとポジティブなものだと思ったから、私は泣くんじゃなくて、笑顔でいようと思った。ぐいっと口角を上げて前を向くと、もう兄は、別の兄に変わっていた。

「ごめんね。もういっちゃったよ」その兄はいった。顔から、動物の髭みたいにテープが跳ねていた。

「そう」私はいった。「ありがとう」

「よかった。じゃあおやすみ」

「おやすみなさい」

部屋に戻る前に、私は振り向いて彼にいった。

「あなたは、私たちのところにきてたのしい？」

「うん。たのしいよ。それに、僕もずっとここにいるつもりはないから」彼は自分の頬を指さした。「こんなんだし」頬を触って、テープを肌に変えていった。でも、その直後にぴょんと一枚だけ跳ねたので、私たちは笑った。

「来週ね、私の誕生日なんだ。お祝いしてね」

誕生日には、私の友だちもきてくれる。家にだれかを呼ぶの、はじめてだ。くずはちゃんとみぞれちゃんときっかちゃんとはおりちゃんとうたちゃんとむすびちゃんとりくちゃんとめるちゃんとえいみちゃんとねおんちゃんがくる。きてくれる。

思い切って誘ってみたら、みんな、よろこんでくれた。私には友だちがいないなんて思ってたのは、私だけだった。

友だちのことが大事な兄の気持ちはわかる。でも、友だちとはいつか別れるでしょ？　卒業とか引っ越しとか、別の友だちのことの方が大事になったりとか。もしかしてお兄ちゃんは、そういうのが嫌でどこかにいってしまったのかな。


もうひとりの兄は日中はずっと母と父のために体に力を入れて兄の体を保っていた。夜になるとテープがぽつぽつと現れはじめた。最初のうち、私はそのテープを体に戻すのを手伝っていたけど、「ありがとう」という彼は無理をしているように見えたので、「テープのままでもいいよ」と私はいった。「そのままでもいいよ」彼はまた「ありがとう」といった。ひとの輪郭をしたテープのかたまりで、どこから声が出ているのかわからなかった。

「あした、出ていくから」とテープの兄はいった。

私の誕生日の日だった。

くずはちゃんたちがきてくれて、みんなでケーキとからあげをたべた。みんなで架空のあいさつゲームをしている途中、テープの兄は席を立った。「お兄ちゃん！」といって、私は兄を追いかけた。兄の誕生日にあったことを思い出したのだろう、私たちのことを母と父が追いかけてきた。

私たちは庭に出た。息を切らしながら、「どうしたんだ」と父がいう。「なんでもない。だいじょうぶ」って、テープの兄はいう。「だいじょうぶだから」と呪いみたいに繰り返す。

母は、なにもかも知ってるみたいに黙ってた。しばらく山の音と、父が息を整える音だけが聞こえる。

家のなかからくずはちゃんたちの声がした。

「まーーーーるーーーーみぃぃぃぃちゃあああん！」

「はーーーーあーーーーいーーーーー」

「うちらあああ、ベランダにいってるねえええええええ」

「え！　だめ！」私はいったが、彼女たちには届かなかった。

「やばいよ。家が傾いちゃうよ。十人みんな、ベランダにいくんだよ」私は母と父にいった。

「いや、そんなやわなつくりじゃないでしょ」母がいった。

「でも！　でも！」私はぴょんぴょん飛び跳ねた。

「大げさだな」父がそういったとき、家がきしむ音が聞こえてきた。「ほら！」と私がいうと、父と母が顔を見合わせた。私たちは家に向かってダッシュしていった。

振り返ると、もうひとりの兄は立ち尽くしたままだった。私は戻って、彼の手を取った。「お兄ちゃんも！」私はいっしょに駆け出そうとしたけど、彼の手がテープに変わっていった。私はそれをちぎらないために、手を離さないといけなかった。

「僕はいくよ。もう体が持ちそうにないんだ」

「そんな……」

「だいじょうぶ」彼はいった。「もう向かってるよ。きみのお兄ちゃんも、お兄ちゃんの友だちも」

「なにしてるんだお前ら、早くこい！」父が、玄関に立って叫んでいた。母は家の奥に向かって、家のバランスを取るようくずはちゃんたちに叫んでいた。その隣に、兄と兄の友だちがいた。家の傾きを食い止めようとしていた。見えなかったけど、私には見えた。

「いこうよ！」私はもうひとりの兄にいった。

「体重がないんだ。役に立てない。もうきみのお兄ちゃんの体でいるのも精一杯なんだ」

「いこう！」私はいった。「みんなを助けるんだ。きっとそれって、うれしいよ。うれしいよっ！　最後にみんなでどきどきしよう！」

私は彼といっしょに、家に向かって走っていった。風が吹いてテープがはためき、浮きかけながら太陽の光をきらきら反射させていた。友だちが無事だったら、私はちゃんと兄たちにいう。いってらっしゃい。

解説

児玉雨子

本書の読者の中には、主人公たちと同じようにきっと自分のことじゃなくても自分のことのように傷つく方も少なくないだろう。そう思って書くのをためらったが、実際にあった出来事として、そして解説の導入として、ひとつ私にとって全然だいじょうぶじゃなかった話を聞いてほしい。実際よりもマイルドに希釈してみるものの、それでも差別的表現が出てくるので、心に鎧を装着して身構えてください。

先日、とある関係者から「バケモン」に声をかけられたという話をされた。聞けば、ライブイベントで、車椅子に乗った容姿が優れているわけではない女性ファンに、そのひとはコンテンツ関係者として握手を求められたそうだ。「やばくないですか？僕、ぞ〜っと！　しちゃって！」と、彼は唾の飛沫を飛ばして私に言った。私は今、あなたにぞ〜っと！　してます！　そうはっきりと返すべき場面だった。けれどどうろたえてしまって、なんとか「別にふつうだと思いますけどね」と言葉を絞り出しながら、別の話題に変えることで精一杯だった。帰宅後、毅然と対応できなかった自分のふがいなさ、一緒に仕事しているひとがこんな差別発言をするなんて（ましてお客さんに対して）という驚き、きっとコンテンツ関係者を見つけて、勇気を出して話しかけただろうその女性への申し訳なさ、そして何もできずよよと泣いている自分への怒りで、なかなか寝付けなかった。

でも、こういった場面に生まれて初めて立ち会ったわけじゃない。今までもこういうひとに何人も出会ってきた。私自身がひどいことをされたり言われたりした経験も、一度や二度じゃない。表題作「ぬいぐるみとしゃべる人はやさしい」の白城が言うとおり「現実はふつうにひどいことが起きる」。ふつうにひどいことを言うひとはいっぱいいたけど、ここ数年でなるべく会わないようにした。なんとなく私の生活からはっきりと見えなくなっただけで、ふつうに存在していたのを改めて思い知った。

当事者だから看過できないこともあれば、非当事者でも被害を間近に見てしまったり、想像力が豊かだったりして、他人事として自分から引き剝がせないこともある。本書に収録された物語も、そういうことだと思う。当事者の物語はもちろん、彼ら、彼女らの苦しみが見えてしまった非当事者たちの語りだって小説として成立するし、もっと多くの言葉で語られるべきだ。

表題作「ぬいぐるみとしゃべる人はやさしい」は、このこまやかな語りの真綿がひとつの物語の中にぎちぎちに詰められている。男性という社会的強者の側にいる主人公・七森が、白城と麦戸のふたりの女性——男性に対し、立場の弱いジェンダーの人間と関わり合う。この三人は全員が何らかの被害の当事者であり、非当事者でもある。七森は男性中心社会からはじき出された、「男らしさ」のない男性という被害者である。しかし同時にオートロックのないアパートに住めるジェンダーであることに変わりはなく、女性差別に与してしまった過去も持っており、それを顧みては悔いている描写が目立つ。

高い倫理観を持ち「やさしい」存在として描かれる七森だが、自身の加害性のすべてに自覚的なわけではない。関係の親密さや、同じ感性を共有しているかで、彼の行動の描かれ方が変わる。胸につのるつらさを抱えて七森が麦戸の家に連絡もせずに向かい、傷ついたふたりが言葉を分け合う場面があるが、この七森の行動は麦戸とのやさしい関係が前提に成立しており、そうでない他者——白城に対しては殆どストーキングへと様変わりしてしまう。

一方、白城は「ふつうにひどいこと」が起こる現実に、慣れるという対応をとっている。彼女は他サークルや社会で起こっているセクシャルハラスメントに気づいていないのではなく、きちんと「ひどいこと」と認識した上で、自分の視界から外している。たとえ自分自身が被害にあっていても、「子どもみたい」な七森や麦戸と異なり、つらいと言わないし、認めない。加害者にならないよう努めている七森に対し、被害者でいたくない白城は対照的だ。ジェンダー問題に限らず、声を上げても無駄だと達観したり強者の理屈を内面化したりして、被害者や立場の弱い者がどうにか現実に順応することは、悲しいことにそんなにめずらしいことではない。これは今まで、多くのフィクションが金や性に汚い大人と純粋な子どもの戦いを描いてきた弊害でもあると、私は思う。成熟することは、理不尽であること、そしてそれに従うことを指すようになってしまったのだから。

さて、非当事者の語りの他にも収録作四編に共通して描かれるのは、他者の生きる世界を侵害しないことへの配慮だ。他者と関係することはとても疲れるし、傷つく。でも、たったひとりで何も発さずにこの社会で起きる苛酷な出来事を受け止め続けることなんて、苦しすぎる。多くのひとは家族や恋人など、非常に親しい他者に吐き出すか、そういうひとがいなければ、フリック入力で思いをネットに放出して済ませる。

わかりやすいのは「たのしいことに水と気づく」の箱崎で、彼は結婚相手の初岡に

「とやかくいうで。結婚するんやから、家族になるんやから。いままでとはちがう。初岡が傷つかへんように、嫌なこともいってく」と宣言する。彼にとって家族はもはや他者ではなく、自分の拡張存在に近いのだろう。初岡にとって嫌なことだとしても、自分にとって傷つかないので言う。箱崎にとっては、妻、ニアリーイコール自分だからだ。

もっと過激なのは「バスタオルの映像」の夏本で、彼はもはや自分以外の他者が存在しないかのように、恋人の「私」の事情などおかまいなしにおびただしい数のラインメッセージを送りつける。「ぬいしゃべ」のぬいサーの面々がぬいぐるみにもケアを忘れないのに対し、生身の存在である主人公に、自分の言葉が届いているか確証を強く求め、返信がないことに憤り、脅迫までしてしまう。自身と親密な主人公が、まったく別の人格を持つ他者であることを認められないのだ。箱崎も夏本も、親密な相手を自分と同化させようとする。

一方、行方不明の妹にメッセージを送っている「たのしいことに水と気づく」の初岡は、一見夏本と同じようなことをしているものの、自分の力の及ばない妹を支配下に置こうと働きかけることはない。「だいじょうぶのあいさつ」のまるみも、兄を現実に引きずり戻すことはせず「友だちのところ」へ行く兄を送り出すつもりだ。ふたりとも、血のつながった家族であっても他者とみなし、そして他者を操作できない存在と認め、放っておけないけれどそっと見守っている。相手の世界を侵害せずに関係し合うことの例を見せてくれる。

本書の単行本刊行時に帯コメントを書かせてもらったとき、私は別案として「ぬいぐるみとしゃべらない人も、やさしかった」を挙げた。それは「ぬいぐるみとしゃべる人はやさしい」という表題作の最後の一文が「（前略）やさしさから自由にしたい白城は、ぬいぐるみとしゃべらない。」だったことに、大前さんのやさしさを受け取ったからだ。「ふつうにひどい」現実の中で身を躱（かわ）しながら暮らして、痛いとか苦しいとか、助けを求める言葉すら忘れてしまいそうな白城をやさしくない人間にデフォルメして描写することもできるのに、彼女の世界を侵害せずに解きほぐして書かれている。大前さんの書く厚い包帯のような物語の数々が、七森や麦戸に共感するひとはもちろん、白城のようなひとにも届いて、その放っておかれた傷をもふんわりと覆えばいい。単行本刊行時も、今も、きっとこの先もその願いは変わらない。

（作詞家、作家）

本書は二〇二〇年三月、小社より単行本として刊行されました。

ぬいぐるみとしゃべる人(ひと)はやさしい

二〇二三年 一 月一〇日 初版印刷
二〇二三年 一 月二〇日 初版発行

著 者 大前粟生(おおまえあお)
発行者 小野寺優
発行所 株式会社河出書房新社
〒一五一－〇〇五一
東京都渋谷区千駄ヶ谷二－三二－二
電話〇三－三四〇四－八六一一（編集）
〇三－三四〇四－一二〇一（営業）
https://www.kawade.co.jp/

ロゴ・表紙デザイン 粟津潔
本文フォーマット 佐々木暁
本文組版 KAWADE DTP WORKS
印刷・製本 中央精版印刷株式会社

Printed in Japan ISBN978-4-309-41935-0

ナチュラル・ウーマン

松浦理英子　40847-7

「私、あなたを抱きしめた時、生まれて初めて自分が女だと感じたの」――二人の女性の至純の愛と実験的な性を描いた異色の傑作が、待望の新装版で甦る。

ふる

西加奈子　41412-6

池井戸花しす、二八歳。職業はＡＶのモザイクがけ。誰にも嫌われない「癒し」の存在であることに、こっそり全力をそそぐ毎日。だがそんな彼女に訪れる変化とは。日常の奇跡を祝福する「いのち」の物語。

ドレス

藤野可織　41745-5

美しい骨格標本、コートの下の甲冑……ミステリアスなモチーフと不穏なムードで描かれる、女性にまといつく“決めつけ”や“締めつけ”との静かなるバトル。わかりあえなさの先を指し示す格別の８短編。

いやしい鳥

藤野可織　41652-6

だんだんと鳥に変身していく男をめぐる惨劇、幼い頃に母親を恐竜に喰われたトラウマ、あまりにもバイオレントな胡蝶蘭……グロテスクで残酷で、やさしい愛と奇想に満ちた、芥川賞作家のデビュー作！

すみなれたからだで

窪美澄　41759-2

父が、男が、女が、猫が突然、姿を消した。けれど、本当にいなくなってしまったのは「私」なのではないか……。生きることの痛みと輝きを凝視する珠玉の短篇集に新たな作品を加え、待望の文庫化。

選んだ孤独はよい孤独

山内マリコ　41845-2

地元から出ないアラサー、女子が怖い高校生、仕事が出来ないあの先輩……“男らしさ”に馴染めない男たちの生きづらさに寄り添った、切なさとおかしみと共感に満ちた作品集。

異性

角田光代／穂村弘　41326-6

好きだから許せる？　好きだけど許せない!?　男と女は互いにひかれあいながら、どうしてわかりあえないのか。カクちゃん&ほむほむが、男と女についてとことん考えた、恋愛考察エッセイ。

ジェシーの背骨

山田詠美　40200-0

恋愛のプロフェッショナル、ココが愛したリック。彼を愛しながらもその息子、ジェシーとの共同生活を通して描いた激しくも優しいトライアングル・ラブ・ストーリー。第九十五回芥川賞候補作品。

ひとり日和

青山七恵　41006-7

二十歳の知寿が居候することになったのは、七十一歳の吟子さんの家。奇妙な同居生活の中、知寿はキオスクで働き、恋をし、吟子さんの恋にあてられ、成長していく。選考委員絶賛の第百三十六回芥川賞受賞作！

窓の灯

青山七恵　40866-8

喫茶店で働く私の日課は、向かいの部屋の窓の中を覗くこと。そんな私はやがて夜の街を徘徊するようになり……。『ひとり日和』で芥川賞を受賞した著者のデビュー作／第四十二回文藝賞受賞作。書き下ろし短篇収録！

やさしいため息

青山七恵　41078-4

四年ぶりに再会した弟が綴るのは、嘘と事実が入り交じった私の観察日記。ベストセラー『ひとり日和』で芥川賞を受賞した著者が描く、ＯＬのやさしい孤独。磯崎憲一郎氏との特別対談収録。

また会う日まで

柴崎友香　41041-8

好きなのになぜか会えない人がいる……ＯＬ有麻は二十五歳。あの修学旅行の夜、鳴海くんとの間に流れた特別な感情を、会って確かめたいと突然思いたつ。有麻のせつない一週間の休暇を描く話題作！

ショートカット

柴崎友香　40836-1

人を思う気持ちはいつだって距離を越える。離れた場所や時間でも、会いたいと思えば会える。遠く離れた距離で“ショートカット”する恋人たちが体験する日常の“奇跡”を描いた傑作。

フルタイムライフ

柴崎友香　40935-1

新人ＯＬ喜多川春子。なれない仕事に奮闘中の毎日。季節は移り、やがて周囲も変化し始める。昼休みに時々会う正吉が気になり出した春子の心にも、小さな変化が訪れて……新入社員の十ヶ月を描く傑作長篇。

きょうのできごと　増補新版

柴崎友香　41624-3

京都で開かれた引っ越し飲み会。そこに集まり、出会いすれ違う、男女のせつない一夜。芥川賞作家の名作・増補新版。行定勲監督で映画化された本篇に、映画から生まれた番外篇を加えた魅惑の一冊！

寝ても覚めても　増補新版

柴崎友香　41618-2

消えた恋人に生き写しの男に出会い恋に落ちた朝子だが……運命の恋を描く野間文芸新人賞受賞作。芥川賞作家の代表長篇が濱口竜介監督・東出昌大主演で映画化。マンガとコラボした書き下ろし番外篇を増補。

きみの言い訳は最高の芸術

最果タヒ　41706-6

いま、もっとも注目の作家・最果タヒが贈る、初のエッセイ集が待望の文庫化！「友達はいらない」「宇多田ヒカルのこと」「不適切な言葉が入力されています」ほか、文庫版オリジナルエッセイも収録！

人のセックスを笑うな

山崎ナオコーラ　40814-9

十九歳のオレと三十九歳のユリ。恋とも愛ともつかぬいとしさが、オレを駆り立てた――「思わず嫉妬したくなる程の才能」と選考委員に絶賛された、せつなさ百パーセントの恋愛小説。第四十一回文藝賞受賞作。映画化。

指先からソーダ

山崎ナオコーラ　41035-7

けん玉が上手かったあいつとの別れ、誕生日に自腹で食べた高級寿司体験……朝日新聞の連載で話題になったエッセイのほか「受賞の言葉」や書評も収録。魅力満載！　しゅわっとはじける、初の微炭酸エッセイ集。

カツラ美容室別室

山崎ナオコーラ　41044-9

こんな感じは、恋の始まりに似ている。しかし、きっと、実際は違う——カツラをかぶった店長・桂孝蔵の美容院で出会った、淳之介とエリの恋と友情、そして様々な人々の交流を描く、各紙誌絶賛の話題作。

ひとり日和

青山七恵　41006-7

二十歳の知寿が居候することになったのは、七十一歳の吟子さんの家。奇妙な同居生活の中、知寿はキオスクで働き、恋をし、吟子さんの恋にあてられ、成長していく。選考委員絶賛の第百三十六回芥川賞受賞作！

窓の灯

青山七恵　40866-8

喫茶店で働く私の日課は、向かいの部屋の窓の中を覗くこと。そんな私はやがて夜の街を徘徊するようになり……。『ひとり日和』で芥川賞を受賞した著者のデビュー作／第四十二回文藝賞受賞作。書き下ろし短篇収録！

やさしいため息

青山七恵　41078-4

四年ぶりに再会した弟が綴るのは、嘘と事実が入り交じった私の観察日記。ベストセラー『ひとり日和』で芥川賞を受賞した著者が描く、ＯＬのやさしい孤独。磯崎憲一郎氏との特別対談収録。

また会う日まで

柴崎友香　41041-8

好きなのになぜか会えない人がいる……ＯＬ有麻は二十五歳。あの修学旅行の夜、鳴海くんとの間に流れた特別な感情を、会って確かめたいと突然思いたつ。有麻のせつない一週間の休暇を描く話題作！

あられもない祈り

島本理生　41228-3

〈あなた〉と〈私〉……名前すら必要としない二人の、密室のような恋——幼い頃から自分を大事にできなかった主人公が、恋を通して知った生きるための欲望。西加奈子さん絶賛他話題騒然、至上の恋愛小説。

火口のふたり

白石一文　41375-4

私、賢ちゃんの身体をしょっちゅう思い出してたよ——挙式を控えながら、どうしても忘れられない従兄賢治と一夜を過ごした直子。出口のない男女の行きつく先は？　不確実な世界の極限の愛を描く恋愛小説。

あなたを奪うの。

窪美澄／千早茜／彩瀬まる／花房観音／宮木あや子　41515-4

絶対にあの人がほしい。何をしても、何が起きても——。今もっとも注目される女性作家・窪美澄、千早茜、彩瀬まる、花房観音、宮木あや子の五人が「略奪愛」をテーマに紡いだ、書き下ろし恋愛小説集。

エンキョリレンアイ

小手鞠るい　41668-7

今すぐ走って、会いに行きたい。あの日のように——。二十二歳の誕生日、花音が出会った運命の彼は、アメリカ留学を控えていた。遠く離れても、熱く思い続けるふたりの恋。純愛一二〇％小説。

泣かない女はいない

長嶋有　40865-1

ごめんねといってはいけないと思った。「ごめんね」でも、いってしまった。——恋人・四郎と暮らす睦美に訪れた不意の心変わりとは？　恋をめぐる心のふしぎを描く話題作、待望の文庫化。「センスなし」併録。

あかねさす——新古今恋物語

加藤千恵　41249-8

恋する想いは、今も昔も変わらない——紫式部や在原業平のみやびな“恋うた”をもとに、千年の時を超えて、加藤千恵がつむぎだす、現代の二十二のせつない恋物語。書き下ろし＝編。ｍｉｗａさん推薦！

アカガミ

窪美澄　41638-0

二〇三〇年、若者は恋愛も結婚もせず、ひとりで生きていくことを望んだ——国が立ち上げた結婚・出産支援制度「アカガミ」に志願したミツキは、そこで恋愛や性の歓びを知り、新しい家族を得たのだが……。

結婚帝国

上野千鶴子／信田さよ子　41081-4

結婚は、本当に女のわかれ道なのか……？　もはや既婚／非婚のキーワードだけでは括れない「結婚」と「女」の現実を、〈オンナの味方〉二大巨頭が徹底的に語りあう！　文庫版のための追加対談収録！

夫婦という病

岡田尊司　41594-9

長年「家族」を見つめてきた精神科医が最前線の治療現場から贈る、結婚を人生の墓場にしないための傷んだ愛の処方箋。衝撃のベストセラー『母という病』著者渾身の書き下ろし話題作をついに文庫化。

奥さまは愛国

北原みのり／朴順梨　41734-9

愛国思想を持ち、活動に加わる女性が激増している。彼女たちの動機は何か、社会に何を望み、何を守ろうとしているのか？　フェミニストと元在日韓国人三世が、愛国女性たちの現場を訪ね、その実相に迫る。

女の子は本当にピンクが好きなのか

堀越英美　41713-4

どうしてピンクを好きになる女の子が多いのか？　一方で「女の子＝ピンク」に居心地の悪さを感じるのはなぜ？　子供服から映画まで国内外の女児文化を徹底的に洗いだし、ピンクへの思いこみをときほぐす。

スカートの下の劇場

上野千鶴子　41681-6

なぜ性器を隠すのか？　女はいかなる基準でパンティを選ぶのか？——女と男の非対称性に深く立ち入って、下着を通したセクシュアリティの文明史をあざやかに描ききり、大反響を呼んだ名著。新装版。

日本の童貞

澁谷知美　41381-5

かつて「童貞」が、男子の美徳とされた時代があった⁉　気鋭の社会学者が、近代における童貞へのイメージ遍歴をラディカルに読みとき、現代ニッポンの性を浮かびあがらせる。

ボクたちのBL論

サンキュータツオ／春日太一　41648-9

ＢＬ愛好家サンキュータツオがＢＬと縁遠い男春日太一にＢＬの魅力を徹底講義！『俺たちのＢＬ論』を改題し、『ゴッドファーザー』から『おっさんずラブ』、百合まで論じる文庫特別編を加えた決定版！

幸福は永遠に女だけのものだ

澁澤龍彥　40825-5

女性的原理を論じた表題作をはじめ、ホモ・セクシャリズムやフェティシズムを語る「異常性愛論」、女優をめぐる考察「モンロー神話の分析」……存在とエロスの関係を軽やかに読み解く傑作エッセイ。文庫オリジナル。

イヴの七人の娘たち

ブライアン・サイクス　大野晶子〔訳〕　46707-8

母系でのみ受け継がれるミトコンドリアＤＮＡを解読すると、国籍や人種を超えた人類の深い結びつきが示される。遺伝子研究でホモ・サピエンスの歴史の謎を解明し、私たちの世界観を覆す！

ヴァギナ　女性器の文化史

キャサリン・ブラックリッジ　藤田真利子〔訳〕　46351-3

男であれ女であれ、生まれてきたその場所をもっとよく知るための、必読書！　イギリスの女性研究者が幅広い文献・資料をもとに描き出した革命的な一冊。図版多数収録。

精子戦争　性行動の謎を解く

ロビン・ベイカー　秋川百合〔訳〕　46328-5

精子と卵子、受精についての詳細な調査によって得られた著者の革命的な理論は、全世界の生物学者を驚かせた。日常の性行動を解釈し直し、性に対する常識をまったく新しい観点から捉えた衝撃作！